Jürgen Bona Meyer

Arthur Schopenhauer als Mensch und Denker

Jürgen Bona Meyer

Arthur Schopenhauer als Mensch und Denker

ISBN/EAN: 9783743478510

Hergestellt in Europa, USA, Kanada, Australien, Japan

Cover: Foto ©Andreas Hilbeck / pixelio.de

Manufactured and distributed by brebook publishing software
(www.brebook.com)

Jürgen Bona Meyer

Arthur Schopenhauer als Mensch und Denker

Arthur Schopenhauer

als Mensch und Denker.

~~~~~~

Von

Jürgen Bona Meyer,
Dr. und Professor der Philosophie an der Universität Bonn.

Berlin, 1872.

C. G. Lüderitz'sche Verlagsbuchhandlung.

Carl Habel.

Der Philosoph, dessen Leben und Denken wir betrachten wollen, tadelt einmal Diejenigen, welche statt die Gedanken eines Philosophen zu studiren, sich mit seiner Lebensgeschichte bekannt machen. „Sie gleichen Denen" — meint er — „welche, statt mit dem Gemälde, sich mit dem Rahmen beschäftigen, den Geschmack seiner Schnitzerei und den Werth seiner Vergoldung überlegen".

Wir wollen nicht die Lebensgeschichte unseres Philosophen an die Stelle seiner Gedanken treten lassen, aber wir wollen auch nicht für diese Gedanken Aufmerksamkeit in Anspruch nehmen, ohne der persönlichen Theilnahme für den Mann, der diese Gedanken gedacht hat, Rechnung zu tragen. Gerade S ch o p e n h a u e r's Leben und Lebensart verhält sich so äußerlich nicht zu seinem Denken, wie gewöhnlich der Rahmen zum Bilde. In unverkennbaren Zügen hängen gerade seine allgemeinen Ideen zusammen mit den Ergebnissen und Erlebnissen seiner Natur, so daß seine Person, seine Lebensverhältnisse in vieler Hinsicht den Schlüssel zum Verständniß seiner Philosophie enthalten. Ueberdies gewährt es ein allgemeineres Interesse, unter der Fabrikwaare der gewöhnlichen Menschenmasse einmal einem wirklichen Original zu begegnen. Häufiger im Leben stoßen wir auf sogenannte Originale, die es nur sind, weil sie es sein wollen; seltener sind die wirklichen Originale, die es sind, weil sie es sein müssen.

Jene Originale sind Producte der Kunst, diese der Natur. An jenen können wir unsern Spaß haben, mit ihnen Scherz treiben, sie als Zielscheibe des Witzes benutzen und als erheiternde Würze des Alltagslebens betrachten. Bei diesen, den wirklichen Originalen, dagegen stoßen wir neben vielem Schiefen und Falschen doch auf Züge von Naturfrische und Kraft eines ursprünglichen Lebens. Einen solchen Menschen von eigener Art, der sich vom Alltagsschlag zufolge einer ursprünglichen Naturrichtung aussondert, haben wir an Schopenhauer vor uns. Wir haben es mit einem klassischen Sonderling zu thun, der seine Eigenart mit einer gewissen genialen Virtuosität — man möchte beinah sagen — harmonisch ausprägt. Zug für Zug paßt zusammen, Alles ist wie aus einem Guß. So liegt denn im Ausdruck des Ganzen eine gewisse Naturwüchsigkeit und Naturwahrheit, deren Betrachtung anzieht, selbst wenn der Grundcharakter abstößt und vieles Einzelne als Unschönheit das Gefühl empört. Aus diesem Grunde scheint es mir wohl verständlich, warum uns die Freunde und Apostel Schopenhauer's wie Gwinner, Frauenstädt, Lindner, Asher und Andere sowohl in Betreff des äußeren wie des inneren Lebens ein so ungeschminktes Bild ihres unliebenswürdigen Abgottes dargeboten haben und warum dieses naturwahre Bild trotz des entschiedenen Widerwillens, den es im Einzelnen erzeugen muß, doch im Ganzen mit so viel Theilnahme aufgenommen ist. Den schlagendsten Beweis für die große Anziehungskraft der genialen Sonderlingsnatur Schopenhauer's liefern die meisten der genannten Apostel selbst durch die übergroße Duldsamkeit gegen die rücksichtslose Behandlung, welche der Herr und Meister im Unmuth gelegentlich einmal fast einem Jeden von ihnen widerfahren läßt. Um so weniger darf es uns Wunder nehmen, wenn auch die übrigen viel geringeren Zweifüßer trotz allen Aergers über die Schmähung, die sie finden, die eigenthümliche Lust nicht in Abrede stellen können, welche ihnen die Betrachtung dieses seltenen Exemplars schwarzgalliger Menschen-

natur bereitet. Schon in Rücksicht darauf wollen wir über die
Gedanken des Philosophen den persönlichen Menschen und sein
Leben nicht bei Seite setzen, sondern ihn in seiner Eigenart als
Menschen und Denker zugleich betrachten.

Schopenhauer's Familie stammt von des Vaters Seite
aus Holland, Vorfahren hatten sich in Danzig niedergelassen und
daselbst ein angesehenes Handelshaus begründet. Sein Vater
Heinrich Floris, im Jahre 1747 geboren, stand als einsichti=
ger Kaufherr dem Geschäfte vor. Seine Bildung hatte durch
Reisen in Frankreich und England einen weiteren Gesichtskreis
erhalten, französische Schriftsteller las er gern, die Times schätzte
er als eine Quelle allseitiger Belehrung. Von Charakter war er
leidenschaftlich, heftig und barsch, dabei etwas taub; es mag wohl
sein, daß dieser Mangel dem düsteren Zug seiner Seele Nahrung
bot. Erst spät, im achtunddreißigsten Jahre entschloß derselbe sich
zur Heirath, er nahm zur Frau die achtzehnjährige Tochter des
Rathsherrn Trosiener, die später als Schriftstellerin bekannt ge=
wordene Johanna Henriette Schopenhauer. Die Ehe war
eine Vernunftehe, bei welcher der Verstand mehr zu sagen hatte
als die Neigung. Es scheint nicht als hätte dies überhaupt bei
der Mutter anders sein können, in ihrem Wesen spricht sich durch=
weg eine gewisse kalte Verständigkeit aus. Ganz besonders ist
mir diese Eigenschaft in der bei einer Frau seltenen Objectivität
ihrer späteren Reisebeschreibungen entgegengetreten.
Zur Erklärung der Natur unseres Philosophen ist die Kennt=
niß der Charaktere seiner Eltern nicht unwichtig. Schopen=
hauer hat behauptet, das Kind erbe den Affect vom Vater, den
Intellect von der Mutter. Im Grunde genommen ist nach
Schopenhauer's Ansicht von den Frauen diese seine Theorie
bedenklich für das ganze Männergeschlecht. Schopenhauer
hält vom Intellect der Frauen gar wenig. Die Frauen — denkt
er mit einem illyrischen Sprichwort — haben lange Haare und

kurze Gedanken. Sie gelten ihm durchweg als große Kinder, die läppisch und kurzsichtig ihr Leben lang bleiben. Die Weiber sind im Grunde nur zur Erhaltung des Menschengeschlechts da, zu diesem Zweck stattete die Natur sie eine kurze Zeit mit Schönheit aus, um vermittelst derselben die Männer einzufangen. Ist dieser Knalleffect der Natur besorgt, so bleibt nichts Werthvolles zurück. Während der Mann die Reife des Geistes kaum vor dem achtundzwanzigsten Jahre erlangt, ist der Frauengeist schon mit dem achtzehnten Jahre reif; aber es ist dann auch eine Vernunft darnach, eine gar knapp gemessene. Von solchem Intellect nun die ganze Erbschaft der Männerweisheit herzuleiten, ist offenbar bedenklich. Man wird verleitet im Allgemeinen auch die räthselhafte Steigerung dieses intellectuellen Erbgutes in Männerköpfen gar zu hoch nicht anzuschlagen. Bei seiner Geringschätzung des gewöhnlichen Menschengeistes hätte Schopenhauer gegen diese Folgerung schwerlich etwas einzuwenden. Ragt aber nun doch einmal ein Männergeist auf Grund seiner mütterlichen Erbschaft über die gewöhnliche Bildungshöhe des Intellectes hinaus, so ist anzunehmen, daß ausnahmsweise auch der Intellect der entsprechenden Mutter aus der Art geschlagen sein muß. Die Anwendung dieses Lehrsatzes und seiner Folgerungen auf das Verhältniß Schopenhauer's zu seiner Mutter mag den Freunden desselben anstößig erscheinen, da sie wissen, welches Urtheil über den Geist seiner Mutter der Philosoph unterschrieb. In seinem Memoirenwerk bemerkte A. Feuerbach über Johanna Schopenhauer: „eine reiche Wittwe, macht von der Gelehrsamkeit Profession, Schriftstellerin. Schwatzt viel und gut, verständig; ohne Gemüth und Seele. Selbstgefällig, nach Beifall haschend und stets sich selbst belächelnd. Behüte uns Gott vor Weibern, deren Geist zu lauter Verstand aufgesproßt ist". — Frauenstädt war freundlich genug diese Stelle sogleich dem Sohne mitzutheilen, und dieser fand die Charakteristik seiner Mutter nur gar zu treffend. „Habe, Gott verzeih's mir, lachen mü=

sen" — schreibt er. Ist dieselbe, was kaum zu bestreiten, ebenso richtig, wie die Schilderung von dem heftigen Charakter seines Vaters, so ist von solchen Eltern keine schöne Seelenerbschaft zu erwarten. In dem gemüth- und seelenlosen Verstand der Mutter hätten wir den Urquell des Intellectes und in dem düsteren Wesen des Vaters den Urquell des Charakters unseres Philosophen zu suchen. Doch wir greifen mit diesen Betrachtungen bereits dem Lebensberichte vor, wir erklären seine Seele, bevor von seiner Geburt die Rede war.

Die Eltern unternahmen bald nach der Hochzeit eine Reise durch Deutschland und Belgien nach Paris und England. Der Wunsch des Vaters den erwarteten Sohn als freien Engländer auf die Welt kommen zu lassen, ward durchkreuzt durch die Sorge für die Mutter, um derentwillen die Heimreise nach Danzig beschleunigt werden mußte. Dieser Rücksicht hat Deutschland es zu danken, daß ein Philosoph mehr auf seinem Boden geboren ist. Die Geburt erfolgte am 22. Februar 1788. In den Zahlen dieses Datums hat Schopenhauer selbst später etwas Bemerkenswerthes gefunden. „Spinoza starb den 21. Februar 1677, ich bin geboren den 22. Februar 1788 — also genau 111 Jahre, d. h. 100 Jahre + $\frac{1}{10}$ davon + $\frac{1}{10}$ hiervon nach seinem Tode: oder man setze eins zu jeder Zahl seines Todestages, so hat man meinen Geburtstag. It's very odd." — Der so merkwürdig geborene Sohn erhielt den Namen Arthur, weil der Vater diesen in allen Sprachen gleichlautenden Namen für die Firma des Geschäftes, das der Sohn natürlich fortführen sollte, besonders passend hielt. Die ersten fünf Lebensjahre verlebte Arthur in seiner Geburtsstadt. Als dann im Jahre 1793 Danzig aufhörte Freistaat zu sein, verließ der Vater, dessen Familienwappen den Satz point d'honneur sans liberté führte, ungeachtet der damit verbundenen Geschäftsverluste, im Unmuth über die verlorene Freiheit sofort nach der Einnahme Danzig's durch die Preußen die Stadt, um sich in der freien Stadt Hamburg niederzulassen.

Zwölf Jahre blieb die Familie hier ansässig. In der alten Kaufmannsstadt herrschte damals ein geistig regsames Leben, zu den besten Familien traten die Uebergesiedelten in regen Verkehr.

Unstreitig haben diese mannichfaltig reichen Beziehungen einen vielseitig bildsamen Einfluß auf die Seele des Knaben ausgeübt. Dem unruhigen Vater aber genügten diese Eindrücke nicht, er gab viel auf die Bildung, die man durch Reisen gewinnt. Daher nahm er seinen neunjährigen Sohn mit auf eine Reise nach Frankreich und ließ ihn zwei Jahre bei 'einem Geschäftsfreunde in Havre, damit er die harten Klänge seiner Muttersprache verlerne. Als dies erreicht schien, nahm er den Sohn nach Hamburg zurück und gab ihn in eine Privaterziehungsanstalt, die vorzugsweise kaufmännische Bildung erstrebte. Diesen Einflüssen entgegen faßte der Knabe Neigung zum Studiren. Dem Vater aber schienen Gelehrtenstand und Dürftigkeit so unzertrennlich, daß er schon deshalb der Neigung des Sohnes entgegentrat. Durch die Aussicht auf eine mehrjährige Reise verlockte er den Sohn seine Studienlust aufzugeben. Die ganze Familie unternahm dann wirklich in den Jahren 1803 und 1804 die von der Mutter beschriebene Reise durch Belgien, England, Frankreich und die Schweiz. Welchen Eindruck die Reise auf den Sohn machte, sagt uns die Mutter mit keinem Worte; aus den Schriften dieses selbst aber können wir ersehen, wie Manches gerade diese Reise zum Aufbau seiner reichen Welt- und Menschenkenntniß beigetragen hat.

In England gaben ihn die Eltern auf sechs Monate in Pension zu einem Geistlichen in Wimbledon bei London. Schopenhauer erhielt hier Gelegenheit die englische Bigotterie kennen und hassen zu lernen, vermittelst deren — wie er später klagte — die Pfaffen die intelligenteste und in fast jeder Hinsicht erste Nation Europa's zur letzten degradiren und dadurch verächtlich machen, so daß es an der Zeit sei, Missionen der Vernunft, Aufklärung und Antipfässerei nach England zu schicken,

mit Strauß en's Bibelkritik in der einen, und der Kritik der rei=
nen Vernunft in der andern Hand, um jenen, sich selbst reve-
rend schreibenden, hochmüthigsten und frechsten aller Pfaffen der
Welt das Handwerk zu legen und dem Skandal ein Ende zu
machen. Als einen Vortheil dieses längeren Aufenthaltes in
England erkannte Schopenhauer selbst, daß ihm derselbe Ge=
legenheit bot auch die englische Sprache und Literatur näher ken=
nen zu lernen. Den großen Bildungswerth der Erlernung frem=
der Sprachen hat Schopenhauer wiederholt anerkannt. „Die
Erlernung mehrerer Sprachen — schreibt er einmal — ist nicht
allein ein mittelbares, sondern auch ein unmittelbares, tief ein=
greifendes geistiges Bildungsmittel. Daher der Ausspruch Karls V:
„so viele Sprachen Einer kann, so viele Male ist er ein Mensch".

Am Französischen rühmt Schopenhauer besonders den
Stil der Prosa gegenüber dem stile empesé des Deutschen.
Keine Prosa lese sich so leicht und angenehm wie die französische.
Der Franzose reihe seine Gedanken in möglichst logischer und
überhaupt natürlicher Ordnung an einander und lege sie so sei=
nem Leser successive zu bequemer Erwägung vor, damit dieser
einem jeden derselben seine ungetheilte Aufmerksamkeit zuwenden
könne; während der deutsche verschränkte Periodenbau dem leiten=
den Grundsatz der Stilistik, daß der Mensch nur einen Gedan=
ken zur Zeit deutlich denken könne, zuwider handele, indem er
ihm zumuthe, daß er deren zwei oder gar mehrere auf ein Mal
denke. — Von dieser Klarheit der Stilistik abgesehen, gilt ihm
aber die französische Sprache mit ihren scheußlichen Endsilben
und dem Nasal als der elendeste romanische Jargon, als die
schlechteste Verstümmelung lateinischer Worte, als armselige Sprache.
Die Franzosen, die er als die lebenslustigste, heiterste, sinnlichste
und leichtsinnigste Nation Europa's kennen lernte, konnten eben
wegen dieses Temperaments seinem ernsten, finsteren Geiste nicht
zusagen; es fehlt daher nicht an harten Worten über sie in sei=
nen Schriften. Er rügt die bei ihnen endemisch gewordene, sich

oft in der abgeschmacktesten Ehrsucht, lächerlichsten National=Eitel=
keit und unverschämtesten Prahlerei Luft machende übertriebene
Sorge um die fremde Meinung, wodurch denn ihr Streben sich
selbst vereitele, indem es sie zum Spotte der anderen Nationen
gemacht habe, so daß die grande nation ein Neckname gewor=
den sei. „Die andern Welttheile haben Affen, Europa hat Fran=
zosen; — schreibt er einmal — Das gleicht sich aus." — Die
Natur Südfrankreichs dagegen scheint lebhafte fesselnde Eindrücke
in seiner Seele zurückgelassen zu haben.

Mächtig ergriff ihn die Schweizer Natur, noch im Alter
beschlich es ihn manchmal wie Heimweh nach dem Montblanc,
dessen häufiges Umwölktsein ihm als Sinnbild der so oft bemerk=
ten düsteren Stimmung hochbegabter Geister galt. Auch den
ernsten, erhabenen Eindruck hebt er hervor, den der Anblick des
Gebirges auf uns macht, und erklärt ihn aus dem dunkelen Ge=
fühl der eigenen Vergänglichkeit im Vergleich mit der dem Ver=
fall trotzenden Gestalt der Berge.

Als die Familie von der Reise heimkam, ging die Mutter
mit dem jungen Arthur zum Behufe seiner Confirmation nach
Danzig. Ob seine spätere Ansicht vom Christenthum schon damals
angebahnt wurde, ist nicht ersichtlich. Später wollte er nur in
dem asketischen und pessimistischen Geist die innerste Wahrheit
der christlichen Lehre erkennen. Die Lehre von der Erbsünde
als der Bejahung des Willens und von der Erlösung als der
Verneinung des Willens sollte die große Wahrheit sein, welche
den Kern des Christenthums ausmacht. Von Danzig zurückge=
kehrt trat der nunmehr Sechzehnjährige als Lehrling in das kauf=
männische Geschäft des Hamburger Senator Jenisch. Wenige
Monate darauf starb der Vater; das Gerücht sagte, er habe sich
in krankhafter Furcht vor Vermögensverlusten selbst das Leben
genommen. Ohne Zweifel mußte dieses Erlebniß in der Seele
des Jünglings düstere Betrachtungen wecken oder fördern. Scho=
penhauer kommt später verschiedentlich auf den Selbstmord zu

sprechen, den Manche irrthümlich als die eigentliche Folgerichtig=
keit seiner pessimistischen Lehre ansehen wollten. Seine darüber
geäußerten Gedanken und Empfindungen lassen glauben, daß sie
durch eigene Lebenserfahrung nahe gelegt sind. Seine Philoso=
phie billigt den Selbstmord nicht, weil der Selbstmörder sich
nicht zur echten Verneinung des Willens erhebt, vielmehr das
Leben eigentlich will und nur mit den Bedingungen unzufrieden
ist, unter denen es ihm geworden. Der Selbstmord erscheint ihm
also gerade als ein Phänomen leidenschaftlicher Bejahung des
Willens zum Leben. Eben deshalb aber erkennt er auch in die=
ser That der Verzweiflung den schreiendsten Ausdruck des Wider=
spruchs des Willens zum Leben mit sich selbst. Wir selbst sind
ja der Wille zum Leben und sind dieser Natur gemäß beseelt
von Todesfurcht. Die Schrecknisse des Todes stehen als Wäch=
ter an der Ausgangspforte des Lebens. Den Kampf mit diesen
Wächtern zu bestehen, ist für den wahrhaft Lebenden nicht leicht,
daher die allgemeine Gültigkeit der Meinung, der Selbstmord sei
eine feige Handlung, mit Recht von Schopenhauer verworfen
wird. Nur Denen, welche durch rein krankhafte tiefe Mißstim=
mung zum Selbstmord getrieben würden, koste die That gar
keine Selbstüberwindung. Bei ihnen zeige sich das Schwach=
werden der Lebenslust zuvor als Hypochondrie, Melancholie, und
ihr gänzliches Versiegen dann als Hang zum Selbstmord, der
alsdann bei dem geringfügigsten, ja einem blos eingebildeten An=
laß einträte. — Hat Schopenhauer's Vater sich wirklich selbst
das Leben genommen, so gehörte dieser Selbstmord gewiß in die
vom Sohne geschilderte Kategorie krankhafter Erregung. Uns
mag dies Krankheitssymptom mit zur Erklärung der düsteren
Seite in der Seele des Sohnes dienen.

Von diesem Vater erbte er die pessimistische Gemüthsanlage
als Krankheit, und eben diesem Vater hatte er auch dafür zu
danken, daß die Noth des Lebens diesem Pessimismus wenig
Nahrung bot. „Wäre ich" — sagte Schopenhauer selbst ein=

mal zu Frauenstädt — „arm gewesen, hätte von der Philoso=
phie leben und meine Lehre nach den Vorschriften der Regierung
einrichten sollen, so hätte ich mir eine Kugel durch den Kopf
gejagt." — Dieses äußere Lebensglück der Familie hatte die Ge=
schäftssorge des Vaters gesichert. Dem Dank für diese waltende
Vorsorge hat Schopenhauer in einer erst durch Frauenstädt
bekannt gewordenen Dedication zu seinen Manuscriptbüchern leb=
haften Ausdruck gegeben. In derselben dankt er dem Vater,
daß er ihn nicht nur in die Welt gesetzt, sondern auch dafür ge=
sorgt habe, daß er ohne sich um den Erwerb des täglichen Bro=
des kümmern, oder gar wetteifernd mit médiocre et rampant,
vor hohen Gönnern kriechen zu müssen, um ein sauer abzuver=
dienendes Stück Brod erst niederträchtig zu erbetteln, dem ange=
borenen Triebe folgend für Unzählige denken und arbeiten konnte,
während Keiner für ihn etwas that.

Die durch solche Lebenslage gesicherte Unabhängigkeit be=
nutzte ein Jahr nach dem Tode des Vaters die Mutter, um mit
ihrer Tochter Adele nach Weimar überzusiedeln, dessen literarisch
interessante Kreise sich ihr bereitwillig öffneten. Ihren Sohn
ließ sie wider seinen Wunsch im Hamburger Geschäft zurück.
Die alte Neigung zum Studiren erwachte wieder in ihm; am
Comptoirpulte trieb er allerlei Nebendinge, las zurückgezogen auf
dem Speicher Gall's phrenologische Vorlesungen und erging sich
in den Briefen an die Mutter in Klagen über die seiner Natur
widersprechende Beschäftigung. Auf der großen Maskerade, die
unsere civilisirte Welt vorstellt, erschienen ihm zwar die Kauf=
leute als die einzigen unmaskirten ehrlichen Leute, da sie allein
sich für Das geben, was sie sind, nämlich Speculanten; aber
eben deshalb schienen sie ihm auch niedrig im Rang zu stehen.
Seine Sache konnte es nicht sein, wie sie auf Gelderwerb aus=
zugehen: er schätzte nur den Geldbesitz als Mittel zum Genuß
idealer Güter. Den wiederholten Klagen des Sohnes gab die
Mutter endlich nach auf den vernünftigen Rath ihres Freundes

Fernow, sie erlaubte dem Sohn sich auf Universitätsstudien vor=
zubereiten.

Zu diesem Zweck schickte sie ihn auf's Gymnasium nach
Gotha und übergab ihn, als er sich dort mit seinen Lehrern über=
warf, Ende 1807 in Weimar der Leitung Passow's. Zu sich
mogte sie ihn nicht nehmen, weil sein schon damals ausgespro=
chener Mißmuth, sein ewiges Lamentiren über die dumme Welt
ihr, der lebenslustigen Frau, die Lebensfreude verderbe. Der
Sohn bereitete sich nun durch fleißiges Privatstudium zum Be=
such der Universität vor. Er hatte viel nachzuholen, das viele
Reisen hatte zwar seine Seele mit mancher werthvollen Anschau=
ung erfüllt, aber die so erworbene Sachbildung konnte doch nicht
mehr als eine zufällige, zerstreute Bildung sein. Schopenhauer
selbst hat nicht unterlassen, diesen Mangel der sonst schätzenswer=
then Reisebildung hervorzuheben. Auf Reisen, wo das Merk=
würdige jeder Art sich dränge, sei die Geistesnahrung von Außen
oft so stark, daß Zeit zur Verdauung fehle. Das Menschenleben
sehe man in vielerlei merklich verschiedenen Gestalten, und dies
mache das Reisen so unterhaltend. Aber dabei sehe man immer
nur die Außenseite des Menschenlebens, nicht mehr, als überall
auch dem Fremden zugänglich sei und öffentlich sichtbar werde.
Hingegen das Menschenleben im Innern, das Herz und Centrum
desselben, wo die eigentliche Action vorgehe und die Charaktere
sich äußern, bekomme man nicht zu sehen. Darum sehe man auf
Reisen die Welt, wie eine gemalte Landschaft, mit weitem, viel
umfassendem Horizonte, aber ohne allen Vordergrund. Dies
schaffe den Ueberdruß des Reisens.

Dies Vorüberfliegen an den Dingen aber ist es, was nament=
lich in jungen Jahren die Reisebildung zu einer oberflächlichen
macht. Sie bietet zu viel Reiz und läßt zu wenig Raum für
die gesammelte Rückwirkung der Seele. Ein so selbstständiger
Kopf wie der Schopenhauer's wird von der wechselnden Masse
der auf Reisen gewonnenen Anschauungen nicht erdrückt, sondern

stofflich bereichert werden, aber ohne Bildungsschaden geht auch
solch ein Kopf aus so unstätem Reiseleben nicht hervor. Die
vorzeitige Ueberreizung hinterläßt leicht eine zwischen Ueberspan=
nung und Abspannung 'auf= und abwogende Ungleichmäßigkeit
der Stimmung, die einer wahrhaft gediegenen geistigen Bildung.
ebenso sehr entgegensteht wie einer festen Charakterbildung. Den
ersten Mangel bemerkte Schopenhauer, als er sich dem Stu=
diren zuwandte, und suchte ihn nach Kräften auszugleichen durch
Erfassen der üblichen Gymnasialbildung.

So realistisch aufgewachsene Menschen pflegen selten den
Werth der Humanitätsbildung gebührend zu schätzen, Schopen=
hauer gehörte zu diesen seltenen Menschen. „Denkt nicht“ —
sagt er einmal — „daß eure moderne Weisheit jene Weihe zum
Menschen ersetzen kann, welche die Beschäftigung mit den Grie=
chen und Römern giebt. — Wer kein Latein versteht, gehört zum
Volk, auch wenn er ein großer Virtuose auf der Elektrisirmaschine
wäre und das Radical der Flußspathsäure im Tigel hätte“. Er
bedauert sogar die Abschaffung des Latein als allgemeiner Ge=
lehrtensprache, die seitdem eingeführte Kleinbürgerei der sogenann=
ten Nationalliteratur sei für die Wissenschaft in Europa ein wah=
res Unglück gewesen. Heftig eifert er gegen deutsche Uebersetzun=
gen der alten Classiker und selbst die Editionen derselben mit
deutschen Noten sind ihm zuwider. „Welche Infamie!“ — ruft
er aus — „wie soll doch der Schüler Latein lernen, wenn ihm
immer in der Frau Muttersprache dazwischen geredet wird.“ In
schola nil nisi latine nennt er eine gute alte Regel. — Bei
solchem Eifer für die Gymnasialbildung ist es kein Wunder, daß
er das Versäumte bald so weit nachgeholt hatte, um die Univer=
sität beziehen zu können.

Im einundzwanzigsten Lebensjahre bezog er die Universität
Göttingen, eingeschrieben wurde er als Student der Medizin, er
hörte besonders naturwissenschaftliche und geschichtliche Vorträge.
In einem Briefe von 1852 schreibt er an Frauenstädt: „Phy=

fiologie ift der Gipfel gefammter Naturwiffenfchaft und ihr dun=
felftes Gebiet. Um davon mitzureden, muß man daher fchon auf
der Univerfität den ganzen Kurfus fämmtlicher Naturwiffenfchaf=
ten ernftlich durchgemacht und fodann fie das ganze Leben im
Auge behalten haben. Nur dann weiß man wirklich, wovon überall
die Rede ift: fonft nicht". Er konnte in damaliger Zeit als Phi=
lofoph mit Recht ftolz darauf fein, es fo gemacht zu haben.

Zum Studium der Philofophie regte ihn befonders G. E.
Schulze an, der ihm den vernünftigen Rath gab fich vorzugs=
weife in Platon und Kant zu vertiefen. Nur eine folche tiefere
Befchäftigung mit einem oder wenigen fich ergänzenden Philofo=
phen kann in der That das philofophifche Selbftdenken fördern,
während der gewöhnlich beliebte hiftorifche Ueberblick über alle
Syfteme den Anfänger verwirren und ermüden muß. Wer eins
der großen Syfteme möglicher philofophifcher Weltanficht wahr=
haft begriffen hat, der hat in ihm zugleich die Möglichkeit aller
anderen Syfteme verftanden; wer nur die Behauptungen Aller
kennt, hat fchwerlich irgend eins erfaßt. Schopenhauer hat
nie bereut den guten Rath feines Lehrers Schulze befolgt zu
haben; das Studium Kant's befonders forderte er fpäter felbft
als unerläßliche Vorbedingung zum Eintritt in die Philofophie.
Wie die Philofophie den Menfchen mehr und mehr feffelt, fchil=
dert er anziehend felbft. „Die Philofophie" — fchreibt er —
„ift eine Alpenftraße, zu der nur ein fteiler Pfad über Steine
und Dornen führt. Immer einfamer, immer öder wird er, je
höher man kommt, und wer ihn geht, darf kein Graufen ken=
nen, fondern muß Alles hinter fich laffen und fich zuletzt den
Weg im Schnee felbft bahnen. Oft fteht er plötzlich am Ab=
hang und fieht unten das grüne Thal: dahin zieht ihn der
Schwindel gewaltfam hinab; aber er muß fich halten. Dafür
fieht er bald die Welt tief unter fich, ihre Wüften und Moräfte
verfchwinden, ihre Unebenheiten gleichen fich aus, ihre Mißtöne
dringen nicht hinauf, ihre Rundung offenbart fich; er fteht in

reiner kühler Luft und sieht schon die Sonne, wenn unten noch schwarze Nacht liegt."

In solchem Geiste studirte er zwei Jahre in Göttingen von 1809 bis 1811. Dann zog ihn der Ruf Fichte's nach Berlin. Die Verehrung wich aber gar bald der größten Geringschätzung; die Randglossen zu seinen hinterlassenen Nachschriften sind voll Spott und Hohn über den großen Lehrer, dessen Wissenschafts= lehre ihm nur Wissenschaftsleere ist. Auch Schleiermacher's Vorlesungen sagten ihm nicht zu, vor Allem bestritt er den von Schleiermacher behaupteten Einklang von Philosophie und Religion. „Keiner, der religiös ist" — sagt eine Randglosse — „gelangt zur Philosophie, er braucht sie nicht. Keiner, der wirk= lich philosophirt, ist religiös: er geht ohne Gängelband, gefähr= lich, aber frei." — Auch in Berlin hörte der Student zuerst viele Vorlesungen, auch naturwissenschaftliche, nur juristische und theologische nicht. Allmählig erst gewann er die Ueberzeugung, man schlage viel zu viel Zeit mit Collegien todt und lerne auf der Universität eigentlich nur, was man später noch zu ler= nen habe. In Göttingen meinte er noch, die viva vox thue doch viel, besonders bei der studirenden Jugend; jetzt kam schon die Ueberzeugung zum Durchbruch, in der Philosophie besonders sei das todte Wort eines großen Geistes unendlich besser als das lebendige Wort eines Schafes. Es nahte die Zeit, in der von ihm alle Philosophieprofessoren kurzweg in diese letzte Kategorie geworfen wurden.

Trotzdem schien er selbst solche Lehrstellung zu erstreben, zu= nächst durch Erwerb der dazu nöthigen Würden. Die Vorbe= reitungen zur Promotion wurden unterbrochen durch die Kriegs= zustände, nach der Schlacht bei Lützen war an eine ruhige Pro= motion in Berlin nicht mehr zu denken. Unser Philosoph war kein Patriot, der sich, wie andere junge Männer damals, beeilte dem Vaterlande seine Dienste anzubieten. Er hat später einmal für den Fall seines Todes ausdrücklich das Bekenntniß nieder=

(16)

gelegt, daß er die deutsche Nation wegen ihrer überschwänglichen Dummheit verachte und sich schäme ihr anzugehören. In Napoleon sah er weder mit Fichte das incarnirte böse Prinzip, noch mit Hegel die große Weltidee zu Pferde in Jena einreitend. Ihm erschien Bonaparte nicht viel schlechter als viele, um nicht zu sagen, die meisten Menschen; er fand in ihm einen ganz gewöhnlichen Egoismus, nur mehr Verstand und Muth ihn zu gebrauchen. Viele hätten denselben Willen, nur nicht dieselbe Kraft. Mit solchen patriotisch kühlen Gedanken suchte er, besorgt zum Kriegsdienste gepreßt zu werden, sich dem Kriegsgetümmel zu entziehen. Fast als Strafe erscheint es, daß er nun gerade recht mitten hinein geräth und wegen seiner Kenntniß der französischen Sprache den französischen Truppen sogar als Dolmetscher dienen muß.

Endlich findet er den gewünschten Ruheplatz im Rudolstädter Thal. Hier vollendete er im Sommer 1813 seine Schrift über die vierfache Wurzel des Satzes vom zureichenden Grunde, auf Grund deren er im Oktober des Jahres von der Jenenser Universität zum Doktor promovirt wurde.

Für den Winter begab er sich dann nach Weimar, obschon ihn die häuslichen Verhältnisse der Mutter und Schwester nicht sonderlich anzogen. Beide schienen dem Leben in äußerem Scheine allzu sehr ergeben zu sein; vor Allem aber besorgte Schopenhauer, sie möchten dabei das väterliche Vermögen vergeuden. Mutter und Sohn verstanden sich innerlich garnicht mehr und sagten sich wechselseitig über ihre Leistungen wenig liebenswürdige Anzüglichkeiten. Um so mehr befriedigte den jungen Mann der Umgang mit Göthe, der sich freute an ihm einen Anhänger seiner Farbenlehre zu gewinnen. Gegen Knebel äußerte sich Göthe im Jahre 1813 treffend über Schopenhauer: „Der junge Schopenhauer hat sich mir als ein merkwürdiger und interessanter junger Mann dargestellt. Er ist mit einem gewissen scharfsinnigen Eigensinn beschäftigt, ein Paroli und Sixleva in das Kartenspiel unserer neueren Philosophie zu bringen. Man muß abwarten, ob ihn die Herren vom Metier in ihrer Gilde passiren lassen, ich finde ihn geistreich und das Uebrige lasse ich dahingestellt." — Neben Göthe gewann besonders Fr. Mayer dadurch Einfluß auf seine Entwickelung, daß er ihn zum Studium der altindischen Weisheit anregte, die seinem Geiste mehr zusagende Nahrung darbot als die Religionen und Philosophieen des Abendlandes.

Nach diesen Weimarer Anregungen übten die Kunstschätze Dresdens einen bildenden Einfluß auf die Entwickelung unseres Philosophen aus, der seit dem Frühjahr 1814 hier seinen Aufenthalt genommen hatte und vier Jahre lang hier verweilte.

Unter diesen Einflüssen reifte allmälig seine eigene Weltansicht. Schon im Jahre 1813 schreibt er zu Berlin, in seinem Geiste erwachse ein Werk, eine Philosophie, welche die bisher fälschlich getrennte Ethik und Metaphysik vereinen solle. Das Werk wachse allmälig und langsam, wie das Kind im Mutterleibe, er wisse nicht, was zuerst und was zuletzt entstanden sei, er begreife das Entstehen des Werkes ebenso wenig wie die Mutter das Werden des Kindes in ihrem Leibe. Den Zufall, den Beherrscher dieser Sinnenwelt fleht er an, er möge ihn noch wenige Jahre leben und Ruhe haben lassen, bis sein Werk, das er liebe wie die Mutter ihr Kind, geboren sein werde. Als eine Vorgeburt gewissermaßen dieses größeren Werkes erschien im Jahre 1816 die kleine Schrift über das Sehen und die Farben. Diese Schrift ist sowohl in philosophischer wie in physiologischer Hinsicht bedeutsam. Ihre philosophische Bedeutung werden wir alsbald hervorheben; ihr physiologischer Werth muß, wie neuerdings Czermak in den Abhandlungen der Wiener Akademie Bd. LXII. Hft. 2 dargethan hat, in der überraschenden Uebereinstimmung der Ansicht Schopenhauer's mit der Young-Helmholtzschen Farbentheorie gesucht werden. Daß diese wichtige Schrift des Philosophen bis in die neueste Zeit so beharrlich ignorirt wurde, worüber noch Frauenstädt in der Vorrede zur 1870 von ihm herausgegebenen dritten Auflage derselben mit Bezug auf Helmholtz klagt, erklärt Czermak wohl nicht ganz mit Unrecht aus dem Umstande, daß Schopenhauer von der ihm eigenthümlichen und wirklich bedeutenden physiologischen Theorie der Farbe ausgehend, doch schließlich nicht nur die Göthesche Erklärung der physischen Farbe adoptirte, sondern auch im Furor Antinewtonicus sich verrannte. — Es ist allerdings immer bedenklich und oftmals nachtheilig für eine Wahrheit, wenn sie verbunden mit oder gar versteckt unter Falschem auftritt; aber im vorliegenden Falle kommt sicherlich noch eins dazu, was die Beachtung der Ansicht des Philosophen hinderte. Gerade in der Zeit als Schopenhauer auftrat, fingen die Physiker und Physiologen bereits an, von den Speculationen der Philosophen sich mißtrauisch oder gleichgültig abzuwenden. Nach den Erfahrungen, die sie an der damaligen Naturphilosophie gemacht hatten, war dies begreiflich. Unter dieser Ungunst der Zeitströmung hat auch Schopenhauer's Arbeit leiden müssen.

Den Zustand innerer Aufregung, in welchem sich Schopenhauer befand als er in Dresden mit seinem großen Werk schwanger ging, hat er seinem Apostel Frauenstädt lebendig selbst geschildert. Einst, im Treibhause umhergehend und ganz in Betrachtungen über die Physiognomie der Pflanzen vertieft, habe er sich gefragt, woher diese so verschiedenen Formen und Färbungen der Pflanzen. Was will mir hier dieses Gewächs in seiner so eigenthümlichen Gestalt sagen? Welches ist das innere subjective Wesen, der Wille, der hier, in diesen Blättern und Blüthen zur Erscheinung kommt? — Es ging ihm auf, was wir als Antwort auf jene Fragen in seinem Hauptwerk lesen, daß uns die Physiognomien der Pflanzen deshalb so interessant sind, weil die Pflanze, darin unterschieden von den sich verstellenden Thieren und Menschen, ihr ganzes Sein und Wollen mit größter Naivetät schon durch die bloße Gestalt offen darlegt.

Die Pflanze offenbare ihr ganzes Wesen dem ersten Blick und mit vollkommener Unschuld, die nicht darunter leide, daß sie die Genitalien, welche bei allen Thieren den verstecktesten Platz erhalten haben, auf ihrem Gipfel zur Schau trage. Diese Unschuld der Pflanze beruhe auf ihrer Erkenntnißlosigkeit; nicht im Wollen, sondern im Wollen mit Erkenntniß liege die Schuld. Vertieft in solche Gedanken habe er vielleicht laut mit sich gesprochen und sei dadurch, sowie durch seine Gesticulationen, dem Aufseher des Treibhauses aufgefallen. Dieser sei neugierig gewesen, wer denn dieser sonderbare Herr sei, und habe ihn beim Weggehen ausgefragt. Hierauf Schopenhauer: „Ja, wenn Sie mir Das sagen könnten, wer ich bin, dann wäre ich Ihnen vielen Dank schuldig." Darauf habe ihn Jener angesehen, als ob er einen Verrückten vor sich habe. — Es zeigte sich eben um diese Zeit mehr als sonst auch bei unserm Philosophen die von ihm selbst behauptete Verwandtschaft von Genie und Wahnsinn, deren Aehnlichkeit von ihm gerade darin gesucht wird, daß sie in einer anderen Welt leben, als die für Alle vorhandene. Auch an anderen Spuren erkannte Schopenhauer, daß sein werdendes Werk ein Erzeugniß genialer Begeisterung sei. Als Erkenntnißweise des Genies galt ihm wesentlich die von allem Wollen und seinen Beziehungen gereinigte. Die Werke desselben können daher nicht aus Absicht oder Willkür hervorgehen; das Genie schafft sie, geleitet von einer instinctartigen Nothwendigkeit. Aus einem solchen inneren Drange nun entsprangen damals seine Gedanken. Gerade in dieser Entstehungsart findet er später die Bürgschaft für die Aechtheit und Dauer seiner Philosopheme. „Sie sind in mir entstanden" —schreibt er— „ganz ohne mein Zuthun, in Momenten, wo alles Wollen in mir gleichsam tief eingeschlafen war, und der Intellect nun völlig herrenlos und dadurch rüstig thätig war, die Anschauung der wirklichen Welt auffaßte und sie mit dem Denken parallelisirte, beide gleichsam spielend an einander haltend, ohne daß mein Wille irgend wie der Sache vorstand." — „Nur was in solchen Momenten ganz willensreiner Erkenntniß in mir sich darstellte, habe ich als bloßer Zuschauer und Zeuge aufge= schrieben und zu meinem Werke benutzt. Das verbürgt dessen Aechtheit und läßt mich nicht irre werden beim Mangel alles Antheils und aller Anerkennung." — Im Hinblick auf diese Entstehung sagt er selbst später, seine Werke beständen aus lauter Aufsätzen, die er gelegentlich niedergeschrieben habe, wenn er von einem Gedanken erfüllt gewesen sei; aus solchen einzelnen Ge= danken seien sie zusammengesetzt mit wenig Kalk und Mörtel. Entstanden seien alle diese Gedanken meistens auf einen anschau= lichen Eindruck und vom Objectiven ausgehend niedergeschrieben, unbekümmert, wohin sie führen würden: „sie gleichen Radien," — sagt er — „die von der Peripherie ausgehend, alle auf ein Cen= trum laufen, welches die Grundgedanken meiner Lehre sind; zu diesen führen sie von den verschiedensten Seiten und Auffassun= gen aus." Ueber die Zusammenstimmung seiner Sätze habe er deshalb auch stets außer Sorgen sein können; sogar noch dann, wenn einzelne derselben ihm, wie bisweilen eine Zeit lang der Fall gewesen, unvereinbar schienen: „denn die Uebereinstimmung fand sich nachher richtig von selbst ein, in dem Maße, wie die Sätze vollzählig zusammenkamen; weil sie bei mir eben nichts Anderes ist, als die Uebereinstimmung der Realität mit sich selbst, die ja niemals fehlen kann." Aus diesem Gährungsproceß seines Denkens ging damals in den Jahren 1814—1818 seine ganze Philosophie hervor, nach seinen eigenen Worten „sich nach und nach daraus hervorhebend, wie aus dem Morgennebel eine schöne Gegend." Als bemerkenswerth auch hebt er hervor, daß schon im Jahre 1814 (seinem 27. Lebensjahre) alle Dogmen seines Systems, sogar die untergeordneten, sich feststellten. — Das Ergebniß dieses Ringens war denn das im Frühjahr 1818 fertig gewordene und im November erschienene Hauptwerk Scho= penhauers: „Die Welt als Wille und Vorstellung." Wir machen an diesem Punkte Halt in der Lebensbeschreibung um die in diesem Werk niedergelegte Weltansicht des Denkers kennen zu lernen.

Schopenhauer's Philosophiren nahm einen vortrefflichen Ausgang. Er wollte nicht als Bücherphilosoph berichten, was Dieser gesagt und Jener gemeint und was dann wieder ein Anderer eingewandt hat. Solche Philosophen schieben nach seiner Ansicht mit Phrasen und Worten wie mit Dominosteinen hin und her, ihnen fehle eine feste, auf anschaulichem Boden ruhende und daher durchweg zusammenhängende Grundansicht. Die wirklichen Selbstdenker suchen vor Allem die Philosophie aus dem Urquell der anschaulichen Erkenntniß zu schöpfen. Voraussetzungsloses Selbstdenken auf Grund einer erfahrungsreichen Kenntniß der Natur und Menschenwelt galt ihm mit Recht als Grundforderung aller echten Philosophie.

Wenn ein Philosoph mit solchen Gedanken doch von anderen Philosophen ausgeht, muß er natürlich als seine erste Aufgabe die betrachten, auch die fremden Gedanken nur als Anregungen seiner inneren Erfahrung zu betrachten und sie durch weiteres Nachsinnen in eigene Gedanken zu verwandeln. Schopenhauer hat dies gethan und es wird neben dem seinigen wenig andere philosophische Systeme geben, die aus so mannichfaltigen und verschiedenartigen Anregungen doch mit eigener Triebkraft zusammengewachsen sind.

Den Ausgang seines Philosophirens bildete unstreitig Kant, unter diesem Einfluß entwickelte sich seine Ansicht von der Welt als Vorstellung. Den ersten Fortgang zur Lehre von der Welt als Wille bestimmte sein Temperament unter dem Einfluß der von ihm so arg verspotteten Sophisten Fichte und Schelling. Die weitere Ausbildung seiner Ideenlehre bringt unter dem Einfluß Platon's ein seltsames Gemisch von Naturphilosophie und Aesthetik zu Stande. Und am Ende wandern wir unter seiner Führung an die Ufer des heiligen Ganges, um aus indischer Weisheit das Prinzip der Sittenlehre und der Weltverneinung

zu schöpfen. Ein so buntes Gemisch von Gedanken ist selten in
einem Tiegel zusammengeschmolzen worden und seltsam genug ist
auch das Ergebniß. Ob man ein Gemenge oder ein Gemisch
erhalten hat, darüber kann man lange zweifeln, und doch steht
das Ganze wie aus einem Guß da. Man erkennt noch so deut=
lich alle einzelnen Bestandtheile, aus denen dieses wunderliche
Gebilde zusammengesetzt ist, daß es nicht schwer wäre das Ganze
wieder in seine Elemente aufzulösen, Gedanken, Bilder und selbst
Ausdrücke wieder hinzustellen, woher sie genommen sind; und
doch hat ein Geist allem Einzelnen ein eigenes Gepräge gegeben
und alle diese Elemente auf einem Faden zu einem Ganzen an
einander gereiht. Doch ist das Alles nicht zusammen gelesen,
sondern zusammen gedacht. Stets empfängt man den Eindruck,
daß man es mit Selbsterlebtem und Selbstgedachtem zu thun
hat, niemals wird man· belästigt durch unverständliches Wort=
gefasel, bei dem man zweifeln müßte, ob Sinn oder Unsinn
darin verborgen sei. Aus dieser Natur des Schopenhauer=
schen Philosophirens erklärt sich hinreichend das Interesse, mit
dem selbst Diejenigen seine Schriften lesen, die seine Weltansicht
als eine gemeinschädliche verwerfen und bekämpfen müssen.

Mit der Lehre Kant's, daß die Welt, wie sie uns erscheint,
nur die von uns vorgestellte, gedachte Welt ist, beginnt auch
Schopenhauer's Weltansicht. „Die Welt ist meine Vorstel=
lung" — schreibt er — „dies ist eine Wahrheit, welche in Be=
ziehung auf jedes lebende und erkennende Wesen gilt; wiewohl
der Mensch allein sie in das reflectirte abstracte Bewußtsein
bringen kann; und thut er dies wirklich, so ist die philosophische
Besonnenheit bei ihm eingetreten. Es wird ihm dann deutlich
und gewiß, daß er keine Sonne kennt und keine Erde; sondern
immer nur ein Auge, das eine Sonne sieht, eine Hand, die eine
Erde fühlt; daß die Welt, welche ihn umgiebt, nur als Vor=
stellung da ist, d. h. durchweg nur in Beziehung auf ein Ande=
res, das Vorstellende, welches er selbst ist."

Diese Grundansicht Kant's macht sich nun Schopen=
hauer zu eigen, indem er sie in einer Richtung zu ergänzen
sucht und in einer anderen Richtung so sehr auf die Spitze treibt,
daß ein Ueberschlagen unvermeidlich wurde. Die versuchte Er=
gänzung geht der Frage nach, wie denn die Welt meine Vor=
stellung, d. h. die Vorstellung eines denkenden Wesens wird.
Nach Kant besteht alle menschliche Erfahrung aus stofflichem
Inhalt, den die sinnliche Anschauung giebt, und aus formender
Auffassung, die aus der Natur unsers Erkenntnißvermögens ent=
springt. Auf dieser Auffassung beruht es nach Kant, daß der
sinnlich dargebotene Stoff uns in den Formen von Raum und
Zeit erscheint und nach den Begriffen unseres Verstandes als
Größe oder Zustand, in den Verhältnissen von Wesen und Eigen=
schaft, von Ursache und Wirkung, von Wechselwirkung, als
wirklich, möglich oder nothwendig gedacht wird. Die Ansicht
Kant's glaubte Schopenhauer ergänzen und verbessern zu
können. Mit Recht bemerkt er, daß Kant's Ausgang eine
schwierige Frage umgeht oder vielmehr ganz unerörtert läßt, die
Frage nämlich, wie denn die sinnliche Anschauung es anfange,
unserm Geiste stofflichen Inhalt zu geben. Die Antwort auf
diese Frage muß offenbar in einer Erklärung der Sinneswahr=
nehmung gesucht werden. Kant blieb vor dieser Antwort stehen.
An diesem Punkte hat der Schüler den Meister überholt, indem
er zeigte, daß die Sinne schon beim Empfangen der stofflichen
Eindrücke durchaus activ sind. In dieser Ergänzung ist die
philosophische Bedeutung von Schopenhauer's kleiner Schrift
über das Sehen und die Farben zu suchen, sie beweist die In=
tellectualität der Sinneswahrnehmung.

Aber mit dem Richtigen verbindet sich alsbald das Ver=
kehrte. Es kam nun darauf an, zu zeigen, durch welche Kunst
oder Kräfte der Seele die Sinne es anfangen, das stofflich Dar=
gebotene in eine vorgestellte Welt zu verwandeln. Kant hatte
geantwortet, unsere Seele bewirke dies durch Aufnahme des Ge=

gebenen unter Anwendung der sinnlichen Anschauungsformen von Raum und Zeit und der zwölf Verstandesbegriffe. Diese Antwort genügte nicht, weil Sinn und Verstand allzu streng gesondert, auch die Maschinerie der Verstandesbegriffe nicht wohl geordnet erschien. Aber die Antwort Schopenhauer's, unsere Seele bewirke dies ausschließlich vermöge ihres Begriffes von Ursache und Wirkung in Verbindung mit der Raum- und Zeitanschauung, ist noch weniger genügend. Die Grundansicht zwar, daß jede Sinneswahrnehmung gewissermaßen ein unmittelbarer Schluß von der Wirkung des Sinnenreizes auf diesen als äußere Ursache ist, läßt sich noch hören, wenn man darüber nicht den wesentlichen Unterschied dieses Schließens von dem eigentlichen durch mehrere bewußte Urtheile vermittelten Schließen verkennen will. Aber vermöge dieses unmittelbaren Sinnenschlusses kommen wir doch nicht weiter, als zur Annahme irgend welcher äußeren Ursache zu jeder verschiedenen Sinneswahrnehmung. Eine Erklärung dieser Verschiedenheit in der Aufnahme des Stofflichen ist aus dem Causalbegriff allein sicherlich nicht abzuleiten. Liegt ein Körper vor mir, den mein Auge weiß sieht, mein Geschmack süß, mein Gefühl rauh empfindet, so hat offenbar der Causalbegriff bei diesen Empfindungen nichts weiter zu thun, als daß er jeden Sinn für sich veranlaßt, den Reiz als Wirkung einer äußeren Ursache anzusehen. Er bewirkt also nur, daß die Seele in jedem Fall ein äußeres Etwas als Ursache des Reizes denkt; er kann aber nicht mehr bewirken, daß wir dieses vielfache Etwas als ein zusammenhängendes weißes Stück Zucker von bestimmter Gestalt und Größe auffassen. Dazu bedarf die Seele jedenfalls noch des Substanzbegriffes und der verschiedenen Sinnesqualitäten; aber weder diese noch jener lassen sich aus dem Causalbegriff ableiten.

Schopenhauer's Versuch, den Substanzbegriff auf den Causalbegriff zurückzuführen, ist kaum besser als die von ihm oft genug geschmähte sophistische Begriffsspielerei seiner philosophischen Zeitgenossen. Das Etwas, welches als Ursache zu den Sinnenreizen als deren Wirkung gedacht werden muß, — so räsonnirt er, — wird angesehen als das Raum und Zeit erfüllende Wirkliche, es verbindet Raum und Zeit zum Wirklichen. Seine Wirklichkeit besteht eben in dieser Wirkung, es ist das diese Erfüllung und Verbindung Bewirkende, es ist also als Materie die reine Causalität selbst.

In dem Allem steckt kein klarer Gedanke. Das Etwas, welches in Raum und Zeit erscheint und auf dessen Veränderungen der Causalbegriff angewendet wird, ist weder die Wahrnehmbarkeit von Raum und Zeit, noch Product der Causalität, noch diese selbst zu nennen. Nicht Raum und Zeit werden wahrnehmbar, sondern nur das Etwas, welches in Raum und Zeit erscheint. Und dieses Etwas ist doch nur halbwegs ein Product des Causalbegriffs zu nennen, weil dieser Begriff uns nöthigt, zu den Sinnenreizen ein Etwas als bewirkende Ursache hinzuzudenken und auf dessen wahrgenommene Veränderungen den Begriff der Causalität anzuwenden. Nur als gedachtes Etwas ist es allenfalls Product des Causalbegriffs zu nennen, als vorausgesetztes reales Sein nicht mehr. Noch weniger zulässig ist es, dieses Raum und Zeit erfüllende Sein kurzweg mit der Materie zu identificiren und als reine Wirksamkeit zu bezeichnen. Mag auch der Verstand an diesem Etwas nichts weiter denken, als daß es Etwas bewirkt, so wird doch dieses Etwas dadurch nicht selbst zur reinen Wirksamkeit. Der Geist, der dieses Etwas als das Raum und Zeit Erfüllende anschaut, faßt es eben deshalb nicht ganz abstract als das überhaupt Wirkende auf, sondern als ein etwas ganz bestimmt Wirkendes, und denkt diese bestimmte Wirksamkeiten als die Eigenschaften oder Thätigkeiten seines Seins. Kurz, Schopenhauer spielt mit den Worten „wirklich" und „wirken", um die Alleinherrschaft des Causalbegriffs zu begründen. Der Versuch mißlang; anstatt Kant's Kategorienlehre wirklich zu verbessern, macht er kurzen Proceß, wirft von ben zwölf ursprünglichen Verstandesbegriffen elf zum Fenster hinaus und versucht mit dem Causalbegriff allein auf dem Boden der Raum= und Zeitanschauung die Welt als Vorstellung hervorzuzaubern. Mit diesem Zauberstab aber, sehen wir, kann er es nicht weiter bringen, als darzuthun, wir wir dazu kommen, anzunehmen, daß in Raum und Zeit ein Etwas da ist, das Etwas bewirkt. Um zur Auffassung der Welt in ihrer bunten Mannichfaltigkeit zu gelangen, bedürfen wir jedenfalls noch anderer Kategorien als des uns von Schopenhauer allein gelassenen Causalbegriffs. Der alte Kant war in diesem Punkt jedenfalls weiser als sein Schüler.

Vorsichtiger auch blieb Kant in der Aufstellung der Grund= ansicht, daß die Welt für uns nur als Erscheinungswelt da ist. Schopenhauer übertreibt diese Wahrheit zu einem Subjecti= vismus des vorstellenden Ichs, der dem Subjectivismus Fichte's und dem Phänomenalismus des Berkeley nichts nachgiebt. Schopenhauer macht die Welt der Erscheinung zu einer Welt des Scheins, die nur ist, sofern sie einem vorstellenden Ich er= scheint. Wir bestreiten natürlich nicht die selbstverständliche Be= hauptung, daß die Welt als vorgestelltes Object nur für ein vorstellendes Subject da ist; wir tadeln nur die von diesem Satz aus erschlichene Ableitung der weiteren Behauptungen über die Unmöglichkeit, daß die wahre Welt auch so sei wie sie uns er= scheint. Kant hatte allerdings diese Unmöglichkeit ebenfalls be= hauptet, er stützte diese Ansicht durch die Widersprüche, in die uns die gegensätzliche Ansicht verwickele. Diese seine Begrün= dung und somit auch seine Annahme kann irrig sein, die rea= listische Philosophie nach Kant hat diese Irrthümer zu berichti= gen gesucht. Schopenhauer aber hält die gespannt idealistische Annahme fest und will nur an Stelle der von ihm verworfenen Kantischen Begründung eine mehr realistische Beweisführung setzen. Diese seine Beweise gehen darauf aus, zu zeigen, daß die in Raum, Zeit und Causalität vorgestellte Welt keine reale Be=

deutung außerhalb unseres Kopfes haben kann. Zu diesem Zweck wird z. B. an die Wirkungslosigkeit der Zeit erinnert. Käme sie als Eigenschaft — sagt unser Philosoph — den Dingen selbst und an sich zu, so müßte ihr Quantum, also ihre Länge oder Kürze, an diesen etwas verändern können. Allein das vermöge solches durchaus nicht; vielmehr fließe sie über die Dinge hin, ohne ihnen die leiseste Spur aufzudrücken. Denn wirksam seien allein die Ursachen im Verlauf der Zeit; keineswegs er selbst. Wenn daher ein Körper allen chemischen Einflüssen entzogen sei, wie z. B. der Mammuth in der Eisscholle an der Lena, die Mücke im Bernstein, ein edles Metall in vollkommen trockener Luft, ägyptische Alterthümer (sogar Perrücken) im trockenen Felsengrabe, so könnten Jahrtausende nichts an ihm verändern. Diese Thatsachen sollen bestätigen, daß die Zeit keine Bedeutung im wirklichen Geschehen besitzt, sondern nur im Denken. Als ob irgend Jemand den wahnwitzigen Gedanken gehabt hätte, die Zeit für sich könne eine Wirkung an den Dingen ausüben! Ein Jeder weiß, daß es dazu noch der wirkenden Kräfte in der Zeit bedarf und daß es in der Natur Verhältnisse giebt, welche die Dauer der Dinge verlängern, und andere, welche sie verringern. Das berührt aber die Frage garnicht, ob nicht die Kräfte selbst eine bestimmte Zeit ihres Wirkens in sich tragen und ob demnach nicht in diesem Sinne die Zeit auch noch außerhalb unseres Kopfes eine reale Bedeutung für das Geschehen der Dinge hat.

Seltsamer noch klingt die Berufung Schopenhauer's auf das über Raum und Zeit erhabene Hellsehen zum Beweise für die Idealität von beiden. Weil Zeit und Raum ohne reale Bedeutung sind, meint Schopenhauer, könnte im somnambülen Zustande Zukünftiges als Gegenwärtiges, Entferntes als Nahes geschaut werden. — Eine eigenthümliche Beweisführung! — Entweder — so scheint mir — bleibt das Hellsehen immer noch eine Art Vorstellen, dann bleibt es auch — nach Schopenhauer's eigener Ansicht — gebunden an die Gesetze der Raum= und Zeitanschauung, oder es ist kein Vorstellen, dann hat es überhaupt mit Raum und Zeit nichts mehr zu thun. In keinem Fall kann es zu einer Raum= und Zeitanschauung kommen, die allen Bedingungen derselben widerspricht. Also selbst wenn Hellsehen stattfindet, kann es für die Idealität von Raum und Zeit nichts beweisen. Das Hellsehen aber überhaupt als erwiesene Thatsache zu betrachten und zur philosophischen Beweisführung zu benutzen, dazu gehört doch wohl weniger Kritik und mehr Aberglaube, als für einen Philosophen, der sich nicht der Mystik in die Arme wirft, zulässig ist.

Kurz, wir geben zu, daß die Welt, wie wir sie erkennen, die vorgestellte Welt ist und daß die Welt als dies vorgestellte oder angeschaute Etwas nicht da wäre ohne einen vorstellenden oder anschauenden Geist. Aber in diesem selbstverständlichen Satz finden wir keinen Grund zur weiteren Behauptung, daß, wenn man allen vorstellenden Geistern die Köpfe abschlüge, auch die bis dahin vorgestellte Welt aufhören würde zu sein. Nur das Vorstellen der Welt würde aufhören, nicht ihr Sein, und es wäre immer noch möglich, daß sie fortführe zu sein, als was sie bis dahin vorgestellt wurde. Raum und Zeitanschauung hätten aufgehört, aber damit doch vielleicht nicht zugleich das Nebeneinander der Dinge und das Nacheinander ihres Werdens. Daraus, daß wir denkenden Wesen von der Welt nur wissen, sofern wir sie vorstellen, ist noch nicht erwiesen, daß das Vorhandensein der Welt eben nur bedeute ihr Vorgestelltwerden. Daraus, daß wir die Welt in Raum, Zeit und Causalität vorstellen, läßt sich allerdings nicht beweisen, daß die Welt auch so sei, wie wir sie vorstellen; aber eben so wenig gewiß läßt sich daraus ableiten, daß sie nicht so sei. Und sicherlich hat es mehr Sinn, eine derartige Correspondenz zwischen Denken und Sein anzunehmen, daß wir eben deshalb die Dinge räumlich, zeitlich und causal denken, weil die Dinge neben einander sind, ihre Zu=

stände nach einander verlaufen und sich causal bedingen, als mit
Schopenhauer in dieser Correspondenz eine unnöthige Ver=
doppelung und in der Annahme einer solchen einen Widersinn zu
entdecken. Schließt denn das in Wahrheit einen Widerspruch in
sich, wenn man annimmt, daß die Welt einmal da ist und dann
noch einmal vorgestellt wird, wie sie da ist? Ist das nicht viel=
mehr die einzig naturgemäße Annahme zur sinnvollen Erklärung
des Vorstellens selbst? Wer uns zwingen will, diese natürliche
Voraussetzung des gesunden Menschenverstandes aufzugeben, muß
triftigere Gründe vorbringen als Schopenhauer; und wer sich
so schlechter Gründe bedient, wie er, erweckt den Verdacht, daß
er bewußt oder unbewußt Sophistereien treibt, die verwirren an=
statt aufzuklären.

Durch Schopenhauer ist das von Kant neu erregte
schwere Problem des Idealismus nicht gefördert, sondern ver=
wirrt worden. Der Irrthum begann bereits in der Promotions=
schrift über die vierfache Wurzel des Satzes vom zureichenden
Grunde, die mit Unrecht geschätzt wird, wenn man auf die Haupt=
sache und nicht auf geistreiche und werthvolle Nebengedanken
sieht. Der Irrthum wuchs zur völligen Begriffsverwirrung aus
in seinem Hauptwerk.

Was ist denn das nun schließlich für eine Welt, die unsere
Erkenntniß unter Schopenhauer's Leitung gewonnen hat? —
Wir stehen vor und mitten in der Welt des Scheins. Die
Welt des wahren Seins schauen wir an durch die vermittelst
Raum, Zeit und Causalität gefärbten Brillengläser unseres Sinns.
Könnten wir diese Brillengläser ablegen, so würden wir die Welt
sehen, wie sie ist, und würden dann jedenfalls wahrnehmen, daß
es in ihr keinen Raum und keine Zeit und keine Causalität
giebt. Wir würden dann zu unserer Verwunderung das Wesen
der erscheinenden Welt als ein einziges und bleibendes vor uns
haben, als unvergänglich, unveränderlich und, unter allem schein=
baren Wechsel, vielleicht sogar bis auf die ganz einzelnen Bestim=

mungen herab identisch. Alle wahrgenommene Mannichfaltigkeit des Seins also, wie ebenso alles wahrgenommene Werden und Geschehen ist Schein; dahinter steckt das farblose unwandelbare Sein. Dies der Schluß, zu dem Schopenhauer durch die Betrachtung, daß die erscheinende Welt unsere Vorstellung ist, zunächst geführt wird. Wir stehen vor dem noch unerkannten Ding an sich, von dem wir bis dahin nur so viel erkennen, daß es nicht ist, wie es uns erscheint.

Vor dieser Welt des leeren Seins vermag aber nun die Er= kenntniß unseres Philosophen nicht still zu stehen, und mit einem Salto mortale, wie ihn schwerer keine Gauklerkunst ausführt, springt sein Verstand nun aus der Welt des Scheins in die des Seins.

Wir wollen wissen — sagt er — ob die Welt nichts weiter als Vorstellung ist. Ein Uebergang würde hier nie gefunden, wenn der Forscher selbst nichts weiter wäre als das rein erken= nende Subject, als geflügelter Engelskopf ohne Leib. Das er= kennende Subject erscheint aber in einem Leib und mit ihm als Individuum. Diesem Individuum ist das Wort des Räthsels gegeben und dieses Wort heißt Wille. Unser Leib ist uns auf zwiefache Weise gegeben, erstens als Object unter den Objecten d. h. als Vorstellung, dann aber auch als jenes Jedem Bekannte, welches das Wort Wille bezeichnet. Jeder Willensact offenbart sich zugleich unmittelbar als Bewegung des Leibes; der ganze Leib ist somit nichts Anderes als mein sichtbar gewordener Wille. Hier also offenbart sich ein Vorgestelltes, ein Object, eben mein Leib als die Erscheinung eines Willens, somit der Wille als das Wesen, als das Sein hinter dem Schein. — An einem Punkte also, in uns selbst, erfassen wir das wahre Sein als Wille, und diese Erkenntniß öffnet uns nun den Blick in das wahre Sein der ganzen erscheinenden Welt.

Um diese Ansicht näher zu begründen, muß Schopen= hauer darthun, daß in uns dem Willen zur Wesensbildung der

Vorrang vor dem Geist zukommt, und muß versuchen, die Ueber=
tragung dieser Erkenntniß auf die Erklärung der ganzen Welt
annehmbar zu machen. Beides unternimmt Schopenhauer
im zweiten Buch seines Hauptwerkes.

Sein erstes Bemühen ist, darzuthun, daß in uns der Wille
das Wesen sei, während der Geist, der Intellect, zur Erschei=
nungswelt gehöre. Den Nachweis dafür beginnt unser Philo=
soph mit einer seltsamen Sophisterei. Das Erkennende selbst
— behauptet er — könne nicht erkannt werden, sonst wäre es
das Erkannte eines anderen Erkennenden. — Allerdings wäre es
das, aber warum kann das nicht sein? Oder vielmehr, verhält
es sich nicht wirklich so in der Selbsterkenntniß? Läge darin ein
Widerspruch, so wäre es auch ein Widerspruch von einem Vor=
stellenden zu reden, das zugleich ein Vorgestelltes ist, wie dies
doch offenbar beim Selbstbewußtsein zutrifft. Ein Räthsel, ein
nicht weiter Erklärliches mag in diesem Bewußtsein, in der
Selbsterkenntniß liegen, aber ein Widerspruch liegt darin nicht.
— Auf diesen mißlichen Anfang baut nun Schopenhauer
weiter. Als das Erkannte im Selbstbewußtsein sollen wir mit
ihm ausschließlich den Willen und deshalb im Willen das Erste
(Primäre), im Erkennen das Zweite (Secundäre) finden. Dieser
Folgerung widerspricht das eigene Geständniß Schopenhauer's,
daß wir „streng genommen, auch unsern Willen immer nur noch
als Erscheinung und nicht nach Dem, was er schlechthin an und
für sich sein mag, erkennen". Es ist aber auch garnicht wahr,
daß wir im Selbstbewußtsein unsern Willen finden. Im Selbst=
bewußtsein finden wir Nichts als das Wissen um unser Thun,
sei dies nun Denken oder Fühlen oder Wollen. Um im Selbst=
bewußtsein als Wesentliches den Willen zu entdecken, muß man
mit Schopenhauer erst allerlei sophistische Seitensprünge machen.
Vom Selbstbewußtsein muß man zum Selbstgefühl, von diesem
zum Lebensgefühl kommen, und dieses Lebensgefühl zum Gefühl
des Daseins, und dieses zum Gefühl des Daseinwollens stempeln,

um nur schließlich sagen zu können, als das Wesentliche im Selbstbewußtsein habe man den Willen entdeckt. Das sind so= phistische Gauklersprünge, aber keine philosophischen Beweise.

So falsch wie dieser Ausgang, so falsch sind auch alle fol= genden Belege, die Schopenhauer unter Verdrehung mancher Erfahrungsthatsachen beibringt, um den Vorrang (den Primat) des Willens vor dem Intellect zu beweisen. Offenbar — so fährt er fort — muß doch das in jedem Bewußtsein Gemein= same und Constante das Wesentliche, Primäre, das die bewußten Wesen Unterscheidende das Hinzugekommene, Secundäre sein. Nun findet sich aber unmittelbar in jedem thierischen Bewußt= sein nur das Innewerden eines Verlangens da zu sein, wohl zu sein. Dies Wollen hat der Mensch mit dem Polypen gemein. Was ihn unterscheidet, ist allein die Erkenntniß. Deßhalb ist der Intellect das Secundäre. Durchlaufen wir die Stufenreihe der Thiere abwärts, so wird der Intellect immer unvollkommener, nicht der Wille. Der Wille als das Ursprüngliche kann aber nie unvollkommen sein. Der Wille ist selbst im kleinsten Insect ganz und vollkommen vorhanden, dasselbe will, was es will, ebenso entschieden und vollkommen wie der Mensch. Der Unter= schied liegt nur in Dem, was gewollt wird, und dies hängt ab von dem, was vorgestellt wird, hängt also ab vom Intellect. Der Intellect hat unzählige Grade der Vollkommenheit, nicht der Wille. Wenn das Wollen aus dem Erkennen hervorginge — fragt unser Sophist — wie könnten dann die Thiere, sogar die unteren, bei so äußerst geringer Erkenntniß einen so oft unbe= zwinglichen, heftigen Willen zeigen?

Allerdings, wenn das Wollen aus dem Erkennen hervor= ginge, so müßte auch, wo viel Wille sich zeigte, viel Erkenntniß vorausgesetzt werden. Zeigt sich nun thatsächlich, daß nicht immer viel Wille und viel Erkenntniß zusammentreffen, so wird das Wollen nicht aus dem Erkennen abzuleiten sein. Aber daraus folgt doch mit Nichten, daß deshalb umgekehrt das Erkennen als

das Secundäre aus dem Wollen als dem Primären abzuleiten
ist. Das Erkennen tritt vielmehr nur als eine andere wesent=
liche Kraft zum Wollen hinzu, und zwar als die bedeutungs=
vollere Kraft, insofern sie das Unterschiedsmerkmal der höher or=
ganisirten Wesen wird.

Wäre diese Schopenhauer'sche Folgerung richtig, so müßte
gerade wegen der einigen Willensgrundlage, wo viel Wille ist,
auch viel Erkenntniß sein. Das bemerkt Schopenhauer selbst,
als es ihm darauf ankommt, die angebliche Thatsache zu erklären,
daß der Intellect leicht durch den Willen gestört werde, während
der Intellect nicht umgekehrt dem Willen hinderlich sei. Die
Erklärung wird eben darin gesucht, daß der Intellect etwas vom
Willen Verschiedenes sei. Denn — sagt er — wären sie in
der Wurzel Eins und gleich ursprüngliche Functionen eines
schlechthin einfachen Wesens, so müßte mit der Aufregung und
Steigerung des Willens auch der Intellect mit gesteigert wer=
den. — Das durfte offenbar unser Philosoph garnicht sagen,
wenn er den Willen zum Grundwesen aller Dinge, somit auch
des erkennenden Gehirns machen wollte. Sagt er es nun doch,
so beweist er damit in Berücksichtigung der Trennung von In=
tellect und Wille gegen sich selbst, beweist, daß eben der Wille
das Primäre in seinem Sinne, d. h. der Urquell von Allem
nicht sein kann.

Uebrigens ist die Thatsache, von der diese Bemerkung aus=
geht, garnicht richtig. In Wahrheit kann der Intellect den
Willen so gut stören, wie dieser jenen, der Verstand hemmt nicht
selten leidenschaftliches Wollen Nach Schopenhauer's eigener
Sittenlehre muß ja sogar die Erkenntniß schließlich zur Willens=
verneinung führen, also den Willen nicht nur hemmen, sondern
völlig aufheben. Unser Philosoph selbst bezeugt somit die Falsch=
heit der von ihm angeführten Thatsache.

Ein seltsames Spiel treibt er mit der Erfahrung, er will
sie berücksichtigen, fälscht und mißdeutet sie aber je nach Bedarf.

Eine solche Fälschung ist es auch, wenn er den Vorrang des Willens vor dem Intellect daran erkennen will, daß das Wollen leicht, das Erkennen mühsam sei. Halte der Intellect — so behauptet Schopenhauer — dem Willen ein Anschauliches vor, so spreche der Wille mühelos sofort sein Genehm oder Nichtgenehm; ebenso wenn der Intellect nach langem Grübeln sein Ergebniß dem Willen zur Begutachtung vorlege. Der Wille trete ein, wie der Sultan in den Divan, um sein eintöniges Genehm oder Nichtgenehm zu sprechen; er wolle oder wolle nicht. Herr sei der Wille, Diener der Intellect. Der Intellect scheine zu führen, aber nur wie der Lohnbediente, der vor dem Fremden hergehe, den Weg bestimme doch dieser. Das treffendste Gleichniß für das Verhältniß Beider sei der starke Blinde, der den sehenden Gelähmten auf den Schultern trage. Der Intellect sei nur die Laterne, die der Wille bei Nacht trage zur Erhellung des finsteren Weges; die Laterne aber bestimme nicht seine Schritte.

Alle diese Bilder verdecken nur den wahren Sachverhalt und lassen sich zum Theil selbst gegen Schopenhauer kehren. In einer fremden Stadt mag der Herr das Ziel bestimmen, wohin er will, aber der Lohnbediente, der ihn führt, bestimmt die einzuschlagenden Wege, um zum Ziele zu kommen, und der Herr folgt. Der Wille hat auch mehr zu thun, als wie der Sultan in den Divan zu treten, um sein Genehm oder Nichtgenehm zu sprechen; er hat auch dafür zu sorgen, daß die Kraft zur Ausführung seines Wollens nicht fehlt. Und diese andauernde Kraftanstrengung des Wollens ist ebensowenig mühelos wie das Ringen nach Erkenntniß, wie auch umgekehrt die bloße logische Bejahung oder Verneinung dem Verstande eben so wenig Mühe macht, wie das eintönige Genehm oder Nichtgenehm dem Willen.

In Anbetracht dieses allein richtigen Sachverhaltes hat es auch gar keinen Sinn, mit Schopenhauer zu behaupten, der Wille beweise auch dadurch seinen Vorrang vor dem Intellect,

daß er nicht wie dieser ermüde. Wollen sei eben unser selbst-
eigenes Wesen, gehe daher leicht von statten, sogar zu leicht, wie
die häufige Voreiligkeit des Willens zeige, eben deßhalb ermüde
der Wille nicht, wie der Intellect, den anstrengende Kopfarbeit
erschlaffe. Gerade umgekehrt verhält es sich in Wahrheit, nichts
hält den Geist besser wach, als geistige Arbeit, nichts spannt
seine Kraft rascher ab, als Wünschen und Wollen. Giebt dies
doch Schopenhauer selbst zu, wenn er aus dem Wollen die
Pein des Lebens ableitet, die zur lebensmüden Weltverneinung
führen soll.

Um seine Behauptung noch einigermaßen aufrecht halten zu
können, muß er sich einer sophistischen Erschleichung des erst zu
Beweisenden bedienen. Einen Beweis nämlich für seine Behauptung, daß das Denken ermüde, der Wille nicht, findet er
darin, daß das bewußte Denken im Schlafe aufhöre, während
der Wille dann noch unermüdlich fortwirke als Wille zum Leben.
Um das sagen zu dürfen, mußte er doch erst beweisen, daß der
uns bekannte Wille des Bewußtseins einerlei sei mit der Kraft,
die unser Leben erhält.

Unstreitig glaubte Schopenhauer diesen Nachweis dadurch
gegeben zu haben, daß er behauptete, jeder Willensact sei unmittelbar irgend eine Leibesbewegung. Aber Behaupten ist nicht
Beweisen. Das menschliche Bewußtsein weiß von dieser Un-
mittelbarkeit nichts. Nur derjenige Willensact zieht ersichtlich
Leibesbewegung nach sich, der Gefühle erregt, die unsere Nerven
reizen, oder der zu Handlungen führt, die Muskelbewegung er-
fordern. Von einer anderen unmittelbaren Verbindung zwischen
Wille und Leibesbewegung weiß das Bewußtsein nichts; man
kann hypothetisch annehmen, daß jeder Wille, jeder Gedanke in
einer entsprechenden Bewegung des Hirnstoffes sich äußert, aber
das menschliche Bewußtsein weiß jedenfalls von dieser unmittelbaren Verbindung nichts. Und so lange dies nicht der Fall ist,
darf der Philosoph sich nicht auf das Bewußtsein berufen, um

die angebliche Einerleiheit von Wille und Leibeskraft oder Lebens-
trieb darzuthun.

Wir haben also nur eine Kette von Sophistereien vor uns,
durch die uns Schopenhauer überreden will, im Willen allein
unser inneres Wesen zu entdecken. Und nun sollen wir noch gar
von diesem zweifelhaften Punkte aus durch einfache Uebertragung
im Willen überhaupt das Wesen aller Dinge erkennen!

Aus dem Bekannten sollen wir das Unbekannte erklären.
Daher sollen die Materialisten im Irrthum sein, die den Geist
aus dem Stoff zu erklären sich unterfangen; die stoffliche Welt
sei das uns Unbekannte, bekannt dagegen sei uns der eigene
Wille. Aus ihm daher sei das Wesen der Welt zu erklären.

In allem Naturwirken sollen wir demgemäß als das eigentliche Wesen den Willen zu einem bestimmten Sein erkennen.
Die Wasser stürzen in unaufhaltsamem Drange zu Boden, ihr
Sturz ist ein Fallen Wollen. Das Eisen wird vom Magneten
angezogen; es ist die heftige Sehnsucht, die es anzieht, ein Wünschen, das wie das menschliche Wünschen durch Hindernisse gesteigert wird. Der Krystall schießt regelmäßig an nach verschiedenen Richtungen, das sind eben so viel verschiedene Bildungs-
strebungen seines Willens. Das Faulthier hängt schlaff am
Baum; es ist sein eigenthümlicher Lebenswille, der es dazu ge-
bildet hat. Am deutlichsten soll sich an dem Instinct und den
Kunsttrieben der Thiere offenbaren, daß der Wille auch da wirkt,
wo keine Erkenntniß ihn leitet.

Auch diese Sophistereien sind unschwer zu durchschauen.
Allerdings spricht sich im Instinct ein Thun vorstellender Wesen
aus für einen Zweck ohne Kenntniß des Zweckes, also ein in
Rücksicht des Zweckes unbewußtes Getriebenwerden. Aber mit
welchem Recht soll dieser Trieb den Namen Wille verdienen?
Und mit welchem Rechte soll ferner dieser Name einer jeden nach
einem Ziele hin drängenden Bewegung zukommen? Man erlangt
die Erkenntniß von der Einheit der Naturkräfte schwerlich recht-

mäßig dadurch), daß man auf Grund einer leichten Analogie den unterschiedenen Kräften einen allgemeinen Gattungsnamen auf= klebt. Auf Grund dieser Analogie wenigstens könnten wir das Wesen aller Dinge ebenso gut Kraft oder Trieb als Wille nennen. Schopenhauer hat sich in dieser Willenslehre desselben Ana= logienschwindels schuldig gemacht, der die Naturphilosophie Schelling's, unter deren Einfluß überdies auch diese seine An= sicht geworden ist, charakterisirt und verderbt hat. Es gilt auch für ihn, was er einmal selbst an Spinoza tadelte, daß dieser absichtlich Worte wie Gott und Welt, Wille und Urtheil miß= brauche zur Bezeichnung von Begriffen, welche in der ganzen Welt andere Namen führen. Paßte es ihm, hierbei spöttisch an den Hetmann der Kosacken in Kotzebue's Benjowsky zu erin= nern, so paßt derselbe Spott auch für ihn. Wir gewinnen durch ihn in Wahrheit nichts als einen neuen Namen für die absolute Substanz, das Ding an sich, das Absolute, die Idee oder wie sonst man das unbegriffene Sein zu nennen beliebt hat. Diese neue Namengebung ist seine Liebhaberei, einen tieferen Grund · hat sie nicht. In seltsamer Weise kommt das Bewußtsein davon bisweilen in Schopenhauer's eigenen Aeußerungen zum Vor= schein. So, wenn er einmal sagt, um das Wesen der Dinge zu erkennen, müsse man es machen wie mit der Einnahme einer Festung, man müsse sie umgehen. In demselben Bewußtsein verglich er seine Willenslehre einmal mit der Art der alten Deut= schen, die, wenn sie würfelnd Alles verspielt hatten, zuletzt ihre eigene Person einsetzten. So auch habe er es gemacht: nachdem man bisher vergeblich versucht habe, das Wesen der Welt irgend= wie mit Hülfe des Intellects zu erklären, setze er nun einmal das innerste Wesen des Menschen, den Willen, ein, und versuche mit dessen Hülfe das Räthsel der Welt zu lösen.

Wir können nicht sagen, daß er mit diesem Einsatz den Schleier des Bildes zu Sais wirklich gelüftet hat. Bis jetzt wenigstens ist uns kein größeres Geheimniß verrathen, als dies, daß in allem Schein der Wille das Wesen bilde. Der Beweis für die Richtigkeit dieser Räthsellösung wird zwar versucht, aber nicht geliefert. Und überdies hören wir nur, daß das Wesen aller Dinge Wille sei, aber vor diesem Weltwillen stehen wir bis jetzt noch als vor einem Unerkannten, gerade so gut wie vor dem Kant'schen Ding an sich, denn die Gleichstellung dieses Weltwillens mit unserm Willen ist, wie wir sahen, erschlichen, und selbst unser Wille ist uns bekannt nur in seinem Wirken, nicht in seinem Wesen. Wir wissen, daß er will und was er will; aber wir erkennen nicht mehr, wie er es anfängt zu wollen. Das erkennen wir so wenig deutlich, daß wir darüber streiten, ob er mit Freiheit wollen kann oder nicht.

Dieses Dunkel für den Weltwillen einigermaßen zu lichten, mußte für Schopenhauer eine Aufgabe sein; er flüchtet, um dies zu leisten, in die lichte Ideenwelt Platon's unter zeitgemäßer Mitbenutzung der Ideenlehre Kant's und der Naturphilosophen. Dem sinnlichen wahrnehmbaren Einzelnen bestritt Platon die wahre Existenz. Dieses einzelne Thier — würde er sagen — ist nicht wirklich, es entsteht und vergeht, wahrhaft seiend ist nur die Idee, die sich in ihm abbildet. Kant stimmt mit Platon darin überein, daß die sinnliche Erscheinung kein wahres Sein hat. Schopenhauer fügt dieser Platonisch-Kantischen Ansicht vom Schein der Sinnenwelt die angebliche Erkenntniß hinzu, daß das, was erscheint, der Wille sei. Aber dieser Wille erscheint nicht unmittelbar in der Sinnenwelt, denn alsdann wäre er ja wie sie den Formen von Raum und Zeit und Causalität unterworfen. Zwischen der Sinnenwelt und dem Willen stehen noch allgemeine Ideen des Seins, die in den Einzeldingen der Sinnenwelt verwirklicht, und mittelbar durch diese Ideen verwirklicht objectivirt sich der Wille in der Welt, nur in diesen Ideen kann er verwirklicht werden. „Wann die Wolken ziehen — sagt Schopenhauer zur Erläuterung dieses Gedankens — sind die Figuren, welche sie bilden, ihnen nicht wesentlich, sind für sie gleichgültig: aber daß sie als elastischer Dunst, vom Stoß des Windes zusammengepreßt, weggetrieben, ausgedehnt, zerrissen werden: dies ist ihre Natur, ist das Wesen der Kräfte, die sich in ihnen objectiviren, ist die Idee: nur für den individuellen Beobachter sind die jedesmaligen Figuren. — Dem Bach, der über Steine abwärts rollt, sind die Strudel, Wellen, Schaumgebilde, die er sehen läßt, gleichgültig und unwesentlich; daß er der Schwere folgt, sich als unelastische, gänzlich verschiebbare, formlose, durchsichtige Flüssigkeit verhält: dies ist sein Wesen, dies ist, wenn anschaulich erkannt, die Idee: nur für uns, so lange wir als Individuen erkennen, sind jene Gebilde. — Das Eis an der Fensterscheibe schießt an nach den Gesetzen der Krystallisation, die das Wesen der hier hervortretenden Naturkraft offenbaren, die Idee darstellen; aber die Bäume und Blumen, die es dabei bildet, sind unwesentlich und nur für uns da. — Was in Wolken, Bach und Krystall erscheint, ist der schwächste Nachhall jenes Willens, der vollendeter in der Pflanze, noch vollendeter im Thier, am vollendetsten im Menschen hervortritt. Aber nur das Wesentliche aller jener Stufen seiner Objectivation macht die Idee aus. — Das gilt nothwendig auch von der Entfaltung derjenigen Idee, welche die vollendetste Objectivität des Willens ist; folglich ist die Geschichte des Menschengeschlechts, das Gedränge der Begebenheiten, der Wechsel der Zeiten, die vielgestalteten Formen des menschlichen Lebens in verschiedenen Ländern und Jahrhunderten, dieses Alles ist nur die zufällige Form der Erscheinung der Idee, gehört nicht dieser selbst, in der allein die adäquate Objectivität des Willens liegt. — Wer dieses wohl gefaßt hat, und den Willen von der Idee, und diese von ihrer Erscheinung zu unterscheiden weiß, dem werden die Weltbegebenheiten nur noch sofern sie die Buchstaben sind, aus denen die Idee des Menschen sich lesen läßt, Bedeutung haben, nicht aber an und für sich."

Die allgemeinen Kräfte also des Natur= und Menschenlebens

will Schopenhauer unter dem von Platon geheiligten Namen der Ideen als unmittelbare Darstellung des Weltwillens ansehen; wir wissen nun, was dieser Weltwille will, er will diese Ideen. Diese Ideen aber nun können nach Schopenhauer in der Sinnenwelt nur als Kräfte, d. h. als Wirkendes erscheinen, müssen also als Wirkendes eingehen in die Form des Satzes vom Grunde, dessen allgemeinste Verwirklichung ja die Materie als reinste Wirksamkeit, als das eigentliche Wirkliche sein soll. Deshalb können auch die Ideen sich nur als Qualität an der Materie darstellen, und zwar nicht nur die Ideen, die als Kräfte der Natur erscheinen, sondern auch die Ideen, die als Kräfte des höchsten menschlichen Geisteslebens sich darstellen. Dieselben erscheinen als Eigenschaften des Gehirns. Mit dieser Wendung übernimmt unser Philosoph alle Sätze des Materialismus. Mit seinem idealistischen Ausgang deckt er das materialistische Ende. Der Wille schafft sich durch die Ideen das Gehirn, nun denkt das Gehirn, wird der Intellect zum Product des Gehirnbreis.

Das ist der eigenthümliche Mischmasch von Platonismus, Kantianismus, Naturphilosophie und Materialismus, in den uns die Ideenlehre Schopenhauer's versetzt. Neu ist daran nur die bunte Mischung, alles Einzelne ist bekannt und in seiner Unzulänglichkeit auch längst schon erkannt.

Wer alles Einzelne für Schein und nur die allgemeine Gattungsidee für das Wesenhafte erklärt, muß aus dem Urwesen selbst diesen Schein erklären können. Es hilft dazu nicht die Berufung auf die Beschaffenheit endlicher Geister, deren begrenzte Auffassung diesen Schein erzeuge. Das Dasein dieser endlichen Einzelgeister selbst bedarf ja einer Erklärung aus dem Urwesen. Die Benamung desselben als Urwille hilft auch nicht weiter. Immer bleibt die Frage stehen: wie kommt dieser Urwille, der unmittelbar nur die allgemeinen Naturkräfte will, dazu, mittelbar ihre Verwirklichung in der Scheinwelt des Einzelnen zu wollen oder auch nur neben sich zu dulden? Bringt nicht überhaupt schon die Annahme des auf unterschiedene Ideen gerichteten Willens in den einigen Urwillen eine mit seinem Wesen unverträgliche Vielheit und Spaltung? oder bildet schließlich das Wesen der Welt etwa nicht ein Urwille, sondern gehören dazu eben so viel neben einander laufende Urwillen als es unterschiedene Ideen in der Welt giebt? — Auf alle diese wichtigen Fragen hat Schopenhauer keine klare Antwort; vielmehr lehnt er die schuldige Antwort ab. Die Individualität — sagte er später einmal — sei nicht durch und durch bloße Erscheinung, sondern wurzele im Dinge an sich, im Willen des Einzelnen. „Wie tief nun aber hier ihre Wurzeln gehen, gehört zu den Fragen, deren Beantwortung ich nicht unternehme." — Gerade diese Beantwortung zu versuchen, lag ihm ob zur Rechtfertigung seiner Willenslehre. Erst erklären, alles Viele ist nur Schein, wesenhaft ist allein der Wille, dieser ist der stehende Regenbogen, der sich in den wechselnden Tropfen des Wasserfalls spiegelt; — und dann hinterher erklären, aber dem individuellen Schein müsse doch ein Sein im Urwillen entsprechen, auch das Individuelle müsse seine Wurzeln im Urwillen haben, — und endlich auf die Frage, wie dies zu denken sei, die Antwort verweigern: — das heißt, Ungereimtes denken und auf die Behauptung der Ungereimtheit einen unverschämten Trumpf setzen.

Nach dieser Darlegung und Widerlegung der Grundlehren des Systems können wir kurz sein über die darauf gebauten ethischen Schlußfolgerungen.

Wenn nun — so folgert Schopenhauer — alles Dasein auf einem Daseinwollen beruht, so muß auch alles Dasein Leiden sein. Denn Wollen ist Verlangen, Verlangen setzt einen Mangel voraus, jeder Mangel bedingt ein Leiden, somit ist mit jedem Wollen das Leiden unmittelbar verbunden. Nur das Leiden, die Unlust ist positiv, alle Freude, alle Lust rein negativ. Wir fühlen nur den Schmerz, die Sorge, nicht die Schmerzlosigkeit, die Sorglosigkeit. So werden wir ja auch die drei größten Güter des Lebens, Gesundheit, Jugend und Freiheit nicht als solche inne, so lange wir sie besitzen, sondern erst, nachdem wir sie verloren haben. Alles Glück, alle Freude sind nur das Aufhören eines Mangels, eines auf dem Gefühl des Bedürfnisses ruhenden Wunsches. Da ferner jede Befriedigung über das Aufhören eines Mangels nur die Dauer eines rasch vorübergehenden Augenblickes hat, insofern im selben Augenblick, in welchem ein Wunsch auf= hört, sofort ein anderer Wunsch sich einstellt; so ist eine reine Lust des Lebens niemals da. Diese allgemeine Pein des Da= seins steigt natürlich mit der bewußten Empfindung, wird daher am schwersten empfunden im Menschenleben.

Das Menschenleben ist nur eine Abwechselung von Schmerz und Langeweile, wo der Glücklichste keinen schöneren Moment hat, als den des Einschlafens. „Das Leben des Einzelnen" — sagt unser Schwarzseher — „ist im Ganzen übersehen eigentlich immer ein Trauerspiel, aber im Einzelnen durchgegangen hat es den Charakter des Lustspiels. Denn das Treiben und die Plage des Tages, die rastlose Neckerei des Augenblicks, das Wünschen und Fürchten der Woche, die Unfälle jeder Stunde sind lauter Komödienscenen. Aber die nie erfüllten Wünsche, das vereitelte Streben, die vom Schicksal unbarmherzig zertretenen Hoffnungen, die unzähligen Irrthümer des ganzen Lebens mit dem steigenden Leiden und Tode am Schluß geben immer ein Trauerspiel. So muß, als ob das Schicksal zum Jammer unsers Daseins noch den Spott fügen gewollt, unser Leben alle Wehen des Trauerspiels enthalten, und wir dabei doch nicht einmal die Würde tragischer Personen behaupten können, sondern im breiten Detail des Lebens unumgänglich läppische Lustspielcharaktere sein." — Diesen Schmerz des Daseins fühlen natürlich am tiefsten die begabtesten Menschen, sie beklagen daher, von tiefer Schwermuth ergriffen oft, in einer solchen Welt der Täuschung und des Leids die Schuld des Daseinwollens büßen zu müssen. Die Ueberzeu= gung von diesem Weltelend hat im Gegensatz zur optimistischen

Judenlehre, daß Alles sehr gut sei, das Christenthum ausge=
sprochen in seiner Lehre von der allgemeinen Sündhaftigkeit,
welche die Erde als Jammerthal erscheinen läßt. Aber das
Christenthum hält noch die eitle Hoffnung auf ein besseres Jen=
seits fest. Nur in der uralten Weisheit des indischen Buddhais=
mus findet sich die volle Wahrheit; hier ging die Erkenntniß
auf, daß das Weltübel in der Weltbejahung, die einzig mögliche
Erlösung in der Weltverneinung, das wahre Glück also im end=
lichen Aufhören dieser Scheinwelt, im Verfließen derselben in's
leere Nichts zu suchen sei. Zu dieser Einsicht nun soll auch uns
die wissenschaftliche und künstlerische Beschäftigung mit den Ideen
des wahren Seins führen, durch sie sollen wir die Welt der
Täuschung kennen und verachten lernen, durch sie soll unser
Wünschen und Wollen immer leidenschaftsloser und reiner wer=
den, bis es endlich sich dazu erhebt, nichts mehr zu wollen, als die
eigene Verneinung. Wer diesen Gipfel aller Weisheit erlangt hat,
der nähert sich wie der indische Büßer dem Nirvana, dem seligen
Nichts. — Dies die düstere sittliche Weltanschauung unseres Philo=
sophen, der von ihrer Wahrheit so fest überzeugt ist, daß er die
entgegenstehende Ansicht des Optimismus wegen der Vertuschung
und Beschönigung des Weltübels als ruchlose Gesinnung haßt.

Wir können in diesem seinem Pessimismus nichts weiter
sehen, als das Zeugniß eines krankhaft erregten schwarzgalligen
Temperaments. Die nothwendige Folge seiner philosophischen
Grundansicht ist jedenfalls dieser Pessimismus so wenig, daß
vielmehr auf Schritt und Tritt zwischen ihm und jener Grund=
ansicht sich unlösliche Widersprüche ergeben oder nur mit So=
phistereien der Schein einer nothwendigen Folgerung hervor=
gebracht wird. Die Frage, ob in der Welt Glück oder Unglück
überwiegen, ist mit Hülfe einer alle Unlust und alle Lust abwä=
genden Erfahrung unbedingt nicht zu entscheiden. Es fehlt dazu
die rechte Wage und es fehlt auch das rechte Maß. Selbst
wenn ein solches Abwägen möglich wäre, und sich dabei ergeben

sollte, daß die Masse des Unglücks größer sei als die Masse des Glückes, wäre der Optimismus damit immer noch nicht gerichtet. Glück und Unglück dürfen nicht nach der bloßen Masse abge= schätzt werden, sondern müssen vor Allem nach ihrem Werth für die Empfindung beurtheilt werden. Gar wohl könnte sich bei dieser Betrachtung ergeben, daß nach der Naturbeschaffenheit des menschlichen Empfindens eine Lust viele Unlust aufwiegt. Ein volles Abwägen von Lust und Unlust nach diesem allein berech= tigten Gesichtspunkt ist aber eine unmögliche Aufgabe. Jedoch giebt es eine Thatsache, die einen Rückschluß zu Gunsten der Lust verstattet; diese Thatsache ist, daß trotz allen unleugbaren Elends doch nur selten ein Mensch zu sterben wünscht. Die meisten Menschen lieben das Leben und finden das Leben lebens= werth. Diese Thatsache giebt auch Schopenhauer zu und erklärt sie aus der natürlichen Grundlage des Lebens, das ja auf dem Willen zum Leben beruht. Eben deshalb ist es nun auch ein offenbarer Widersinn seiner Lehre, daß nach ihr dieser Wille dazu kommen soll das Gegentheil von Dem zu wollen, worin sein Wesen besteht. Sein Wesen ist Lebenswille und sein sittliches Ziel soll Lebensverneinung sein. Diese Selbstverneinung des eigenen Wesens ist ganz unmöglich. Die selbstbewußten Wesen soll der Intellect durch Erkenntniß und Anschauung des ewigen Ideengehaltes hinter dem wesenlosen Weltschein zur Willenstödtung hinführen Auch das widerspricht der Erfahrung ebenso sehr, wie dem System. Die edle Beschäftigung mit Kunst und Wissenschaft, die zum Schauen und Erkennen des Idealen führt, reinigt allerdings das menschliche Wollen, aber diese Rei= nigung ist keine Aufhebung des Willens zum Leben. Vielmehr vermindert diese Pflege des Idealen das Lebensleid und beweist gerade die durch sie erzeugte Lust gegen Schopenhauer, daß die Lust mehr ist, als das Aufhören eines Mangels. Die Zu= nahme dieser Lust muß das Leben nur noch lebenswerther machen, kann daher naturgemäß unmöglich den Lebensüberdruß erzeugen

oder erhöhen. Wenn aber selbst Schopenhauer mit Recht
behauptet hätte, durch Vertiefung in den Ideengehalt des wahren
Seins müsse der Zug zur Willensverneinung geweckt und ge=
stärkt werden, so würde dies doch nur für die bewußten Wesen
gelten. Wie soll denn nun aber durch deren Verneinung auch
die Welt des Unbewußten dem Nichts verfallen? Dasein und
Leiden soll zwar überall zusammenfallen, aber wo soll in der
Stoffwelt, die nicht empfindet, das Leiden sitzen? Giebt es ein
Leiden, wo nicht empfunden werden kann? Auch an diesem
Punkte kommt es noch einmal zum Vorschein, daß es eine sinn=
lose Uebertragung ist, von einem Willen zum Leben zu reden,
wo nichts vorliegt als Dasein von verschiedener Beschaffenheit.
In keinem Falle aber kann die Willensverneinung, zu der nur
die bewußten Geister sich erheben können, die unbewußte Kör=
perwelt mit vernichten. Um diese Weltverneinung zu ermöglichen
hätte Schopenhauer wenigstens seinen bewußtlosen Urwillen
selbst zu einem bewußten Geist werden lassen müssen, der durch
intellectuelle Bildung zu dieser Höhe der Weltverneinung sich
hinaufzuarbeiten hatte. Den Widersinn, daß der Wille, dessen
Wesen Lebensbejahung ist, zum Gegentheil seines Wesens kommen
soll, hätte freilich auch jene Annahme nicht gehoben, sondern
nur geschärft. — Mit baarem Unsinn also beginnt und endet
diese Weltanschauung.

Das Werk, das diese Weltansicht verkünden sollte, war im
Frühling 1818 fertig, und erschien im November desselben Jah=
res. Schon zuvor war sein Verfasser abgereist nach Italien und
genoß dort, wie seine Freunde berichten, nicht nur das Schöne
sondern auch die Schönen. Schopenhauer selbst gesteht, er
habe wohl gelehrt, wie der Heilige sei, aber er selbst sei kein
Heiliger. Er bewahrheitete Voltaire's Ausspruch, daß die
Menschen wohl lieben pessimistisch zu klagen, aber doch optimistisch
zu leben. Unser schwarzgalliger Philosoph ließ es sich nach
Kräften wohlsein in dieser schlechten Welt. Darnach begreift

man die Angst, die ihn befiel, als ihn in Italien die Nachricht
von dem Sturz des Danziger Handelshauses traf, dem die Mut=
ter den größten Theil ihres Vermögens anvertraut hatte; „Weis=
heit" — sagte schon Koheleth — „ist gut mit einem Erbgut
und hilft, daß sich Einer der Sonne freuen kann." Ueberzeugt
von der Wahrheit dieses Ausspruchs hatte unser Philosoph mit
ängstlicher Sorgfalt darüber gewacht, diese Gunst des Schicksals
nicht zu verlieren. Als Weiser schätzte er natürlich nicht wie ein
Geizhals den Reichthum an sich, er wußte wohl, daß der Reich=
thum dem Seewasser gleicht, das den Durst steigert, je mehr
man davon trinkt. Ihm galt der Besitz auch nicht als Erlaub=
niß oder gar Verpflichtung die Plaisirs der Welt heranzuschaffen,
sondern als Schutzmauer gegen die vielen möglichen Uebel und
Unfälle und vor Allem als Bedingung der Unabhängigkeit. „Nur
unter dieser Bedingung" — sagte er — „ist man als wahrer
Freier geboren, nur so eigentlich Herr seiner Zeit und Kräfte
und darf jeden Morgen sagen: „der Tag ist mein". — Den
höchsten Werth erlange solcher Besitz, wenn er einem Geiste zu=
falle, der Großes zu leisten verstehe. Der Genius trage dann
der Menschheit seine Schuld hundertfach dadurch ab, daß er leiste,
was kein Anderer könne. — Ein solcher Geist glaubte Scho=
penhauer zu sein und in diesem Glauben mag er sich für
berechtigt gehalten haben mit einer gewissen Rücksichtslosigkeit
gegen Mutter und Schwester auf die Erhaltung wenigstens seines
Vermögensantheils Bedacht zu nehmen. Zufolge früherer Vor=
sicht und durch energisches Einschreiten im Moment der Gefahr
gelang ihm auch diese Sicherstellung. Doch legte die Rücksicht
auf die jedenfalls verminderte zukünftige Lebenssicherung unserm
Denker den Gedanken an eine akademische Lebensstellung näher.
Er entschloß sich im Jahre 1820 als Privatdocent an der Ber=
liner Universität aufzutreten, in der Hoffnung den erledigten
Lehrstuhl Solger's zu erlangen. Diese Hoffnung entsprang
natürlich zum Theil aus der Ueberzeugung von der Bedeutung

seines Hauptwerkes. Dasselbe war von Beneke, Herbart,
J. Paul schon damals beachtet worden; man hatte es sogar ein
genial kühnes, vielseitiges Werk genannt, voll Scharfsinn und
Tiefsinn, aber von einer oft trost= und bodenlosen Tiefe. Scho=
penhauer hatte trotz seiner Geringschätzung der Menschenwelt
doch mehr Anerkennung von ihr erwartet. Die Enttäuschung
darüber, sowie die gleiche Enttäuschung seiner akademischen Hoff=
nungen, bot seinem Pessimismus neue Nahrung. Unzufrieden
verließ er Berlin wieder im Frühling 1822. Man lebe dort
wie auf einem Schiff; alles sei rar, theuer und schwer zu haben,
die Comestibeln seien ausgetrocknet und dürr, und Spitzbübereien
jeder Art gebe es dort ärger als im Land, wo die Citronen
blühen. Dieses Land besuchte er nun zum zweiten Male und
genoß hier abermals das Schöne, bis ihn eine seltsame Angst
von Stadt zu Stadt verfolgte. In Neapel floh er vor den
Blattern, aus Verona trieb ihn die Angst vor vergiftetem Schnupf=
taback. Derartige unbegründete Besorgnisse spielten auch in sei=
nem späteren Leben noch eine Rolle, und Schopenhauer selbst
gesteht einmal, wenn er nichts habe, was ihn ängstige, beängstige
ihn eben dies, indem ihm sei, als müsse doch etwas da sein, das
ihm nur eben verborgen bliebe. Deutlicher noch als seine phi=
losophischen Ideen spricht diese Angst für die wirklich krankhafte
Erregbarkeit seiner Natur.

Noch einmal versuchte er von Italien heimkehrend die Do=
centenlaufbahn in Berlin, wieder mit demselben Mißerfolg. Wir
mögten es gern als ein Zeichen erfreulicher Gesundheit betrach=
ten, daß die akademische Jugend keinen Geschmack an dem quer=
köpfigen Nihilismus und dem grämlichen Pessimismus des Do=
centen fand. Schopenhauer dachte natürlich anders, er schob
die Schuld auf die Herrschaft Hegel's. Dessen Philosophie —
davon überzeugte er sich — war ganz gemacht zur erklecklichen
Katstederweisheit, denn sie enthalte statt der Gedanken Worte
und Worte wollten die Jungens doch nur haben zum Nachbeten,

Aufschreiben und Nachhausetragen, Gedanken könnten sie nicht brauchen. —

Seit dieser Zeit wuchs seine Verachtung der herrschenden Philosophie und sein Haß gegen die Philosophieprofessoren. Sein Hohn über die Abhängigkeit der letzteren von den Regierungen ist in der von ihm beliebten Allgemeinheit offenbar ungerecht, noch thörichter der Vorwurf, daß sie nicht für die Philosophie, sondern nur mit Weib und Kind von der Philosophie leben wollen. Es ist einem Jeden, der Verhältnisse Kundigen, bekannt, daß in Deutschland eine Professur der Philosophie nicht um des äußeren Vortheils willen gesucht werden kann; nach derselben strebt sicherlich Niemand, den nicht ein innerer Wahrheitstrieb bewegt. Aber allerdings der Besitz einer solchen Professur giebt keine Bürgschaft für die Hochhaltung oder gar für die Erlangung der Wahrheit. Und wir wollen gern anerkennen, daß Scho=penhauer auf manche Gefahren und Hindernisse für die Er=kenntniß des Wahren. hingewiesen hat, die aus der akademischen Lehrthätigkeit sich ergeben können. Die aus der Abhängigkeit des Amtes sich ergebenden Gefahren sind Gottlob in unserm Jahrhundert immer geringer geworden und besonders in Deutsch=land durch die Vielheit der Universitäten und Regierungen be=deutend abgeschwächt. Viel größer sind die Gefahren, die aus der Lehrthätigkeit selbst erwachsen. Zu keiner Wissenschaft gehört ein so weiter universaler Umblick und eine so ungestörte Samm=lung als zur Philosophie, wenn in ihr Originales geleistet werden soll. Die akademische Lehrthätigkeit, wenn sie zu früh ergriffen und wenn sie später ohne gelegentliche Unterbrechung durch Zeiten concentrirter Muße geübt werden muß, kann allerdings zum Hinderniß solcher originalen Leistungen werden. Daß aber bei richtiger Mischung von Lehrthätigkeit und freier Muße die erste kein unbedingtes Hinderniß für das eigene Philosophiren ist, beweisen doch wohl Platon und Aristoteles, Kant und Hegel zur Genüge. Im Gegentheil ist die Nöthigung zur

Lehre eine stete Aufforderung zur fortschreitenden Entwickelung und Klärung des eigenen Denkens und bei gewissenhafter Handhabung das beste Schutzmittel gegen paradoxe Verirrungen. Hätte Schopenhauer weniger Eitelkeit besessen, so hätte der akademische Mißerfolg ihm zur heilsamen Warnung dienen können. Sein Unglück war, daß er in genialem Dünkel zu früh fertig sein wollte. Derartige Querköpfe wie er sind allerdings nicht geeignet als Lehrer der Jugend zu wirken. Sie haben als Anreger zu erneutem Nachdenken unstreitig ihre schriftstellerische Bedeutung, aber der Lehrstuhl ist nicht der geeignete Ort für sie. Nicht deshalb, weil Schopenhauer dazu berufen war, den Tempel der Philosophie von den Gewerbsleuten zu reinigen, durfte er keiner von ihnen werden, wie Frauenstädt meint, sondern deshalb taugte er nicht dazu, weil er in maßloser Eitelkeit die eigene Verrücktheit höher stellte als die in Ruhe zu erlangende Wahrheit.

Abgesehen von dem Aerger über die Erfolglosigkeit seines akademischen Wirkens trieb ihn endlich im Jahre 1831 die Furcht vor der Cholera aus Berlin. In Frankfurt am Main, das er für cholerafest hielt, ließ er sich für die weitere Dauer seines Lebens nieder und hat auch diese Stadt nur selten verlassen. Von einem Ausflug nach Mannheim im Jahre 1833 trieb ihn rasch sein krankes Angstgefühl wieder zurück. —

Im Unmuth über die mangelnde Anerkennung suchte er die Einsamkeit und lebte sich immer tiefer ein in seine Sonderlingsnatur, von deren Art und Weise uns Gwinner ein so lebendiges und trotz der Unliebenswürdigkeiten anziehendes Bild entworfen hat. Zuerst machte ihn die Nichtbeachtung irre an sich selbst, bis ihm durch Helvetius offenbar wurde, daß die Masse nur das ihr Gleiche loben kann, das Geniale aber der Masse fremd bleiben muß. Zum Glücke hörte er auch die Posaune des Ruhmes das ganz Werthlose, Sinnleere als trefflich, ja als den Gipfel menschlicher Weisheit verkünden; das orientirte und beruhigte ihn. Er sah nun ein, daß er von der Erbärmlichkeit der Menschen, insbesondere seiner Zeitgenossen noch nicht den rechten Begriff gehabt hatte. Jetzt gewann er wieder Selbstvertrauen, so daß er von sich sagen mogte: „Ich habe den Schleier der Wahrheit tiefer gelüftet, als irgend ein Sterblicher vor mir. — Aber Den will ich sehen, der sich rühmen kann, eine elendere Zeitgenossenschaft gehabt zu haben, als ich." — Jetzt mogte er sagen, in die Zeit zwischen Kant und ihm falle keine Philosophie. — Es widersteht mir an die vielen späteren Auslassungen seiner maßlosen Selbstüberhebung zu erinnern. Je älter Schopenhauer ward, um so mehr vergaß er das selbst von ihm gerühmte spanische Sprichwort: dem klappernden Hufeisen fehlt ein Nagel.

Mit späteren Leistungen hat er dieses steigende Selbstlob nicht verdient. Die im Jahre 1836 erschienene Schrift über den Willen in der Natur, mit welcher er zuerst die längere Schweigperiode wieder brach, enthält nichts als eine breite Illustration seiner Willenslehre durch Belegstellen aus allerlei Schriften, die allenfalls ähnlich wie er allgemeine Bewegungen der Natur aus einem zu Grunde liegenden Willen deuten zu wollen scheinen konnten. Bedeutender sind die beiden Arbeiten über die Freiheit des menschlichen Willens und das Fundament der Moral, die er im Jahre 1840 als Grundprobleme der Ethik herausgab. In der Hauptsache sind freilich auch diese Schriften voll von Sophistereien. Die Willensfreiheit, deren Unmöglichkeit Schopenhauer darthun will, besteht ja keineswegs darin, daß man zu gleicher Zeit etwas will und auch nicht will, sondern nur darin, daß man, bevor man will, so lange man noch das Entgegengesetzte denkt, das Eine oder das Andere wollen kann. Ein solch hölzernes Eisen, wie Schopenhauer will, ist die angenommene Willensfreiheit jedenfalls nicht. Wir können das schwere Problem hier natürlich nicht beiläufig entscheiden wollen, müssen aber doch hervorheben, daß Schopenhauer's Widerlegung der Wil=

lensfreiheit eine nichtige ist. Der von ihm angerufene Widerspruch läge keinenfalls im Wollen, sondern im Denken des Verschiedenen, des Entgegengesetzten. Dieses Denken ist aber eine
unbestreitbare Thatsache. Und überdies widerlegt Schopenhauer
seine Behauptung von der Unmöglichkeit der Willensfreiheit selber
dadurch, daß er diese unmögliche Freiheit zu wollen oder nicht
zu wollen für den Urwillen festhält, für dessen ewiges Wesen sie
in Wahrheit noch weniger paßt als für den endlichen und wechselnden Willen des Menschen. — Ebenso einseitig und deshalb
irrig ist die zweite Schrift, die in dem Mitleid das alleinige
Fundament aller Moral sucht. Schopenhauer mogte Recht
haben zu bemerken, daß die Kantsche Pflichtenlehre nicht aus-
reicht als Grundlage einer wirksamen Sittenlehre, aber die verschiedenen sittlichen Ideale des Menschen lassen sich ebensowenig
aus dem bloßen Mitleid ableiten. Vielmehr fälscht diese Quelle
im Lichte der Schopenhauerschen Philosophie nothwendig alle
Moral. Wenn das Mitleid, wie er will, darauf beruht, daß
wir uns im Urwillen alle eines Wesens wissen, so daß jedes
fremde Leid uns als unser eigenes Leid erscheinen muß, so ist
die Selbstliebe die Grundlage der Moral. Eine solche Moral
entsprach dem Temperamente unseres Philosophen, aber der
Wahrheit Gottlob nicht. — Durch diese Schriften wurde übri-
gens die öffentliche Aufmerksamkeit mehr als bisher für Schopenhauer erregt, so daß sein Verleger im Jahre 1844 unter-
nehmen konnte eine um einen Band vermehrte zweite Auflage
seines ersten Hauptwerkes zu veranlassen. — In weiterem Kreise ist
Schopenhauer sodann durch seine unter dem Titel: „Parerga
und Paralipomena" in zwei Bänden gesammelten und 1851 herausgegebenen kleineren Aufsätze am bekanntesten geworden. Bereitwillig erkennen wir an, daß sie an geistreichen und lehrreichen
Betrachtungen Vieles enthalten, das uns beweist, wie frisch sein
Geist auch noch im Alter blieb und wie sehr seine eigenen Leistungen zur Einschränkung seiner Behauptung zwingen, daß es

mit dem menschlichen Geiste vom sechsunddreißigsten Lebensjahre an abwärts geht. Nur Das ist leider wahr, daß die frühzeitige Feststellung seiner falschen Grundgedanken seitdem keinerlei Er= gänzung oder Berichtigung mehr zuließ. Die Schuld daran trägt die Eitelkeit und Eigensinnigkeit seiner Natur. Diese zum Theil ererbten Naturfehler konnte die unstete und auch sonst mangelhafte Erziehung nicht bessern oder einschränken; auch die glückliche äußere Lebenslage verschlimmerte diese Fehler einer reiz= baren Selbstsucht.

Wir gönnen dem Manne die Freude über die wachsende Ausbreitung seines Ruhmes im Spätsommer seines Lebens und wundern uns nur, daß er eitel genug war auf die Stimme der von ihm so verachteten Mitwelt mit ängstlicher Sorgfalt zu lauschen. Die Erkenntniß, daß diese Theilnahme nichts als das vorübergehende Krankheitssymptom einer unzufriedenen Zeitstim= mung war, ersparte ihm der am 20. September 1860 erfolgende Tod. — Immerhin beklagen wir, daß der leidige Genialitätsdünkel auch diesen Geist gehindert hat der Wahrheit diejenigen Dienste zu leisten, zu denen seine hohe und vielseitige Begabung ihn befähigte. — Doch glauben wir, daß gerade seine Abirrung da= zu beigetragen hat, das erlahmte Interesse für die Philosophie wieder neu zu beleben und hoffen, daß durch ihn die Geister auf den Ausgangspunkt seiner und der ganzen neueren Philoso= phie, auf Kant, wieder zurückgewiesen werden, um von diesem Boden gesunder Kritik aus den Neubau der philosophischen Wis= senschaft noch einmal zu beginnen.

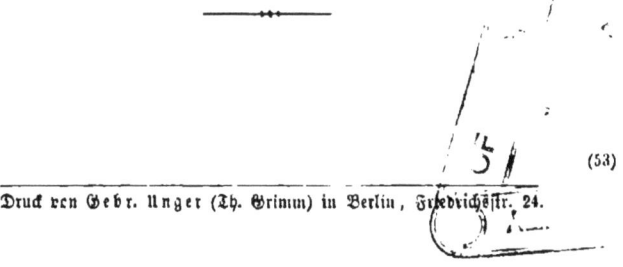

Druck von Gebr. Unger (Th. Grimm) in Berlin, Friedrichsstr. 24.